LA LLAMADA
DE LA SELVA

JACK LONDON

ISBN colección: 84-9786-261-9
ISBN: 84-9786-276-7
Depósito legal: M-31516-2006

Colección: La punta del iceberg
Título: La llamada de la selva
Autor: Jack London
Diseño de cubierta: El Ojo del Huracán
Impreso en: LÁVEL

Capítulo Primero

Si *Buck* hubiera leído los periódicos, habría sabido que una gran amenaza se cernía no solamente sobre él, sino también sobre otros perros de la costa, desde San Diego hasta Puget Sound, especialmente sobre aquellos que tuvieran fuertes músculos y un pelo largo y espeso.

¿Por qué? Muy sencillo. Los hombres habían descubierto, entre las nieves del Ártico, un metal amarillo especialmente precioso y las compañías navieras, y todas las de transporte en general, lanzaron el hallazgo a los cuatro vientos. Lo cual hizo que miles de aventureros se abalanzaran hacia el Norte como una marea.

Y esos hombres necesitaban perros, buenos perros, de poderosos músculos resistentes para un trabajo rudo y un pelo muy abundante que les permitiera soportar los intensos fríos del Norte.

Buck vivía en una casa enorme, en el valle de Santa Clara. La finca era propiedad del juez Miller. Se hallaba algo apartada del camino, oculta entre espesos árboles que apenas dejaban ver la galería que rodeaba el edificio por los cuatro costados.

Se accedía a ella por un camino de grava que serpenteaba entre el césped y bajo las ramas entrelazadas de airosos álamos de elevado porte. La finca resultaba más extensa por su parte trasera que por la del frente.

Había en ella caballerizas que atendían media docena de mozos de cuadra, y una hilera de viviendas para los criados, cada una adornada con enredaderas. Había también cobertizos, glorietas y pastos, aparte de algunas huertas en las que crecían los fresales.

Y por supuesto, una bomba para el pozo artesiano y un gran estanque donde los hijos del juez Miller se bañaban en las tardes de verano.

Buck era el dueño de todo aquel dominio. Allí había nacido y allí pasó los primeros cuatro años de su vida. Había otros perros, sí, ya que una finca tan grande los necesitaba, pero eran menos importantes que él. Por regla general estaban un poco arrinconados en los lugares más ocultos de la casa, como por ejemplo *Toots*, el dogo japonés, o *Isabel*, la perrita chihuahua, los cuales, por regla general, apenas asomaban fuera de las puertas.

Unos veinte foxterriers, algo más combativos, les ladraban cuando los veían asomados a las ventanas. Pero *Buck* era distinto.

Buck no era un perro doméstico, ni un perro de caza que se juntase en jauría con los demás. *Buck* tenía para él toda la finca. Se metía en el estanque si le apetecía, o cazaba junto a los hijos del juez, o escoltaba a Mollie y Alice, las hijas, cuando caminaban o paseaban. Por las noches, en invierno, se tendía a los pies del juez, junto al fuego que ardía en la chimenea. Llevaba sobre sus anchos lomos a los nietos del amo, o los hacía rodar en el césped en sus juegos. También, por supuesto, les cuidaba celosamente cuando los encontraba cerca de la fuente o en las cuadras.

Ante los foxterriers se paseaba majestuosamente e ignoraba a los perritos falderos, a los que no consideraba siquiera dignos de atención. Era simplemente el rey de la finca del juez, y en su reinado incluía a los seres humanos.

Su padre, *Elmo*, había sido un enorme San Bernardo, inseparable del juez, y *Buck* seguía los pasos de su padre. No era tan grande como él, pues sólo pesaba setenta y cinco kilos, ya que su madre, *Shep*, fue una perra ovejera. Pero esos setenta y cinco kilos le daban un porte verdaderamente aristocrático, ayudado, eso sí, por la convicción de que era respetado y de que su voluntad era ley.

Había llevado una buena vida, no había duda de ello, y ello le había hecho orgulloso e incluso egoísta, porque se sabía el eje de la finca, el centro de las atenciones. No obstante, no era mimado como se mima a otros perros domésticos. Las largas carreras y las partidas de caza le mantenían delgado y habían endurecido sus músculos. Le gustaba el agua y no sólo para beber, sino para zambullirse en ella.

Éste era *Buck*.

Y fue entonces, en esa época, cuando se encontró oro en el Klondike, en el otoño de 1897, y el oro arrastró a hombres de toda clase y condición y países hacia el helado Norte.

Buck no se enteró, naturalmente, porque las noticias de los diarios no llegaban hasta él. Tampoco sabía que uno de los ayudantes del jardinero, un tipo llamado Manuel, poseía un vicio muy arraigado: el de jugar a la lotería china, para la que, según él, tenía un método infalible para ganar. Desgraciadamente el método fracasaba una y otra vez, quizá por falta de dinero. El caso es que con su salario de ayudante de jardinero y teniendo que cuidar de una esposa y numerosos hijos, apenas podía salir adelante. En otras palabras: necesitaba urgentemente dinero.

Cierto día, mientras el juez asistía a una de sus reuniones de la sociedad de viticultores, y los chicos de la casa organizaban su club deportivo, Manuel llevó a cabo una acción que llevaba algún tiempo maquinando.

Cogió a *Buck* como si se lo fuese a llevar a un paseo por la huerta. *Buck* le siguió sin sospecha alguna, como es lógico. Nadie, excepto un tipo desconocido, los vio llegar a la pequeña estación ferroviaria de College Park.

El desconocido habló unos instantes con Manuel, y una cierta suma de dinero pasó de las manos de aquél a éste.

—Deberías haber envuelto la mercancía antes de entregarla —protestó el desconocido, mientras Manuel colocaba una gruesa cuerda en el cuello de *Buck*.

—Si retuerces la cuerda, no habrá peligro, porque le quitarás las fuerzas para resistir —respondió Manuel. El hombre asintió.

Buck no protestó ante aquella acción inesperada para él, que jamás había sido atado. Por otra parte, confiaba implícitamente en los hombres, ya que sabía que a veces hacían cosas extrañas que su inteligencia de perro no comprendía, pero que acataba.

No obstante, cuando la cuerda dejó de estar en manos de Manuel para pasar a las del desconocido, aquello le pareció excesivo y gruñó amenazadoramente. Normalmente, eso hubiera bastado para el mundo que hasta entonces había conocido.

Pero ante su sorpresa, la cuerda se ciñó fuertemente a su cuello, impidiéndole casi la respiración. Furioso, saltó hacia el hombre, y entonces recibió una gran sorpresa. El hombre torció la cuerda rápidamente y lo derribó en el suelo, con la lengua fuera y las fauces abiertas tratando de respirar.

Jamás le habían tratado de semejante manera, y jamás se había sentido tan rabioso. Pero pronto sus fuerzas menguaron y un velo sangriento se puso ante sus ojos. Casi ni se dio cuenta de que el tren se detenía y de que los dos hombres lo arrojaban a un vagón de carga.

Cuando logró recuperarse, el cuello le dolía, tenía las fauces secas y entre esas sensaciones tuvo también la de que viajaba en un vehículo. El agudo silbido de una locomotora le hizo comprender dónde se hallaba, ya que no era la primera vez que veía trenes y viajaba en uno.

Abrió los ojos, tan furioso que ni ladrar podía. Inmediatamente el hombre intentó cogerlo por el cuello, pero *Buck* obró con rapidez. Sus mandíbulas se cerraron sobre la mano del enemigo y éste hubo de torcer de nuevo la cuerda para librarse de los colmillos del animal.

El encargado del vagón apareció en ese momento y quedó mirando la escena.

—Es que le dan ataques —dijo el desconocido, ocultando su mano herida tras de la espalda—. Lo llevo a San Francisco por orden del amo, para que el veterinario le eche una mirada.

Más tarde, en una taberna del puerto de San Francisco, se lamentaría del encargo:

—¡Cincuenta dólares por llevar a ese bruto! —gruñó—. Ni por mil dólares volvería a hacerlo.

Se había envuelto la mano en un pañuelo y tenía desgarrada una de las perneras del pantalón.

—Y el otro, ¿cuánto sacó por ello? —preguntó el tabernero.

—Cien. No quiso venderlo por uno solo menos. Dice que el perro es de lo mejor que hay.

—Pues yo creo también que los vale —dijo el tabernero—. Es un hermoso animal. Así que te ha mordido, ¿eh?

—Sí, y milagro será que no coja la rabia.

—De todas maneras, si no coges la rabia, morirás en la horca —respondió el tabernero riendo—. Venga, échame una mano con ese bicho.

Buck sentía el cuello tremendamente dolorido, y la lengua hinchada. Aun así, trató de hacer frente a los dos hombres, a los que ya aborrecía con todas sus fuerzas.

Pero los dos, uniendo sus fuerzas, lo derribaron y le ciñeron aún más la cuerda, para mantenerlo inmovilizado mientras le limaban el collar. Luego le quitaron la cuerda y le encerraron en un cajón de embalar con respiraderos.

Allí pasó una noche horrible. Aparte de su furia, se sentía humillado y lleno de rabia, porque no podía comprender lo que ocurría.

¿Qué pretendían esos hombres desconocidos? ¿Por qué lo encerraban en un lugar en el que apenas podía moverse? Se sentía oprimido por el presentimiento de un desastre, de un peligro inminente que su instinto le advertía.

Varias veces, durante la noche, al oír que se abría la puerta del cobertizo en el que estaba, se incorporaba de un salto, esperando ver aparecer al juez Miller o a alguno de sus hijos.

Pero lo único que veía era la cara del tabernero que se asomaba para echarle una ojeada. El ladrido con el que se preparaba para recibir a su amo, se transformaba en un gruñido.

No obstante, el tabernero no le molestó. Se limitaba a comprobar que seguía allí.

A la mañana siguiente aparecieron cuatro hombres y cargaron con la caja. *Buck* los olfateó: eran desconocidos, y su aspecto no le gustó en absoluto. Parecían vagabundos, andrajosos.

Les ladró a través de los barrotes, pero ellos se rieron, y sintiéndose seguros al tenerlo encerrado, llegaron a azuzarle con un palo. *Buck* intentó cogerlo con los dientes, pero pronto se dio cuenta de que lo que querían era reírse de él. Entonces, se tendió en el suelo, sombríamente, mientras que los otros cargaban el cajón en un carro.

A partir de entonces, él y la jaula pasaron de mano en mano varias veces. Empleados de una empresa de transportes se hicieron cargo de él y lo subieron a otro vagón del ferrocarril. Más tarde, un camión lo llevó hasta un barco con otros bultos y del barco fue a parar a un depósito del ferrocarril.

Por último, fue cargado en un vagón de un tren rápido, que durante dos días y sus noches lo arrastró, por medio de aulladoras locomotoras. Durante todo ese tiempo ni comió ni bebió.

Furioso, rabioso casi, se enfrentó con los gestos amistosos que los empleados del ferrocarril le hacían. *Buck* se lanzaba contra los barrotes con los dientes desenfrenados y ellos se reían, e imitaban sus ladridos y sus aullidos.

Todo lo cual constituía un ultraje para él, y su furia crecía por momentos, sobre todo al no saber a qué se debía todo aquello. Sufría de hambre, pero sobre todo de sed. Los malos tratos le habían sumido en un estado muy cercano a la enfermedad. Estaba febril, con la garganta inflamada y la lengua de un tamaño doble del normal.

Afortunadamente la cuerda, que tanto daño le hiciera, ya no estaba arrollada a su cuello. Con aquello lo habían dominado y vencido, pero esperaba que no volviera a ocurrir, porque jamás se dejaría atar otra vez.

Durante esos dos días sin comer ni beber acumuló en su espíritu una cólera terrible. Al primero que se le pusiera delante, estando libre, le acometería con sus afilados colmillos. Sus ojos se habían inyectado en sangre y prácticamente se había convertido en una bestia salvaje. Tanto que ni el propio juez hubiera podido conocerlo de haberlo visto.

Cuatro mozos de cuerda transportaron el cajón hasta un patio que cercaba una alta pared. Un hombre alto y grueso, que llevaba un jersey rojo, salió al patio y firmó el recibo de entrega.

Buck se fijó en él, pensando que sería un nuevo torturador y se lanzó contra los barrotes, gruñendo furiosamente.

El hombre gordo sonrió con frialdad y tomó un hacha y un fuerte garrote.

—No lo suelte ahora —dijo uno de los mozos, lleno de miedo.

—Eso es precisamente lo que voy a hacer —respondió el hombre. Con el hacha descargó un fuerte golpe sobre el cajón de madera.

Los cuatro mozos echaron a correr y treparon a lo alto del muro, dispuestos a ver lo que ocurría desde un lugar seguro.

Buck acometió a las maderas según éstas se iban astillando a los choques con el hacha. Rugía, aullaba y babeaba, tan ansioso de salir como el hombre del suéter rojo por sacarlo.

—Vamos, vamos, demonio —dijo el hombre. En ese momento el hombre logró abrir un agujero en el cajón. Dejó el hacha y cogió el garrote con la mano derecha.

Buck parecía, en efecto, un demonio enloquecido cuando salió. Se preparó para saltar, con el pelo erizado, la boca soltando espuma y con un brillo endemoniado en los ojos inyectados en sangre.

Sus setenta y cinco kilogramos de furia acumulada por los dos días de encierro se lanzaron hacia el hombre en que adivinaba a un enemigo. En pleno salto, y cuando sus fauces se iban a cerrar sobre el cuello del hombre, recibió un golpe que lo detuvo en seco, mientras sus dientes entrechocaban dolorosamente.

Dio una vuelta sobre sí mismo y cayó sobre el lomo. ¡Jamás le habían pegado con un palo y no comprendió bien lo que le ocurría, aunque el dolor era muy fuerte!

Con un aullido, volvió a la carga, y un nuevo garrotazo lo derribó otra vez. Su furia había llegado al límite: por doce veces seguidas atacó y otras tantas fue derribado por el mortal garrote al suelo de nuevo.

El último golpe fue tan feroz que apenas pudo incorporarse después. Se arrastró tambaleante, brotándole la sangre de la nariz, de las orejas y del morro, y el hermoso pelaje manchado también de rojo. Todos los males que había sufrido hasta ahora apenas eran nada comparados con el castigo recibido a manos de este hombre. Con un apagado rugido se abalanzó por última vez sobre su enemigo, pero éste, con tranquilidad, se pasó el garrote a la mano izquierda, cogió al perro por las mandíbulas y lo sacudió de un lado a otro. El cuerpo de *Buck* describió una parábola en el aire y cayó al suelo sobre la cabeza y el pecho.

El hombre descargó el último golpe y *Buck* perdió el sentido.

—¡Así se doma a un animal rabioso! —gritó uno de los mozos desde el seguro de la tapia.

—Este Druther es capaz de domar uno al día, y los domingos repetir por dos —dijo otro.

Buck recobró pronto el sentido, pero no las fuerzas. Tendido en el lugar en que había caído, observó al hombre del jersey rojo.

—Su nombre es *Buck* —dijo aquél mirando la carta en que el tabernero de San Francisco le anunciaba el envío—. Bueno, bueno, amigo *Buck*, hemos peleado bien los dos, pero no vale la pena continuar, ¿no te parece?

Ahora parecía incluso de buen humor.

—Has aprendido cuál es tu lugar, ¿eh? Y yo sé perfectamente cuál es el mío. De ahora en adelante, todo marchará bien, sobre todo si te portas bien. Si no, te romperé la crisma.

Acarició la cabeza del perro, al que poco antes tan ferozmente había golpeado, y *Buck* soportó el roce de aquella mano, aunque, eso sí, con los pelos erizados. Y cuando el hombre le presentó un cuenco con agua, bebió ávidamente. Luego, devoró una ración abundante de carne que recibió directamente de las manos del verdugo.

Había perdido y lo sabía, pero no se sentía derrotado. Eso sí, había aprendido que nada podía hacer con un hombre que llevaba un palo en la mano. No olvidaría jamás la lección.

A partir de entonces, cuando viera un garrote, sabría que estaba en inferioridad de condiciones. Comenzaba a aprender algunas verdades que hasta entonces había ignorado porque ninguna falta le habían hecho. Eso sí, le había hecho frente a su enemigo con valor y sin acobardarse.

Sí, *Buck* estaba aprendiendo muy rápidamente.

Capítulo II

Según pasaban los días, vio llegar nuevos perros. Algunos, encerrados como él mismo en jaulas, otros sujetos con cuerdas. Algunos eran dóciles, otros ladraban y gruñían salvajemente, pero a unos y otros los vio someterse al hombre vestido de rojo.

Y mientras contemplaba el feroz espectáculo, *Buck* siguió asimilando la lección recibida: un hombre armado con un palo grueso y duro es la ley, es el amo, y hay que obedecerle. Incluso, si preciso es, adularle. Bien es cierto que *Buck* jamás hizo esto último, pero sí vio cómo muchos perros, vencidos por el hombre, trataban de ganárselo moviendo el rabo e incluso lamiéndole la mano. Vio también morir a un perro que no se sometió al castigo.

A veces, algunos hombres llegaban allí y hablaban con el del jersey rojo. En esas ocasiones, y cuando entregaban dinero a aquél, se llevaban después a alguno de los perros, y *Buck* se preguntaba adónde los llevarían. Pero, sin saber por qué, se sentía contento cada vez que se marchaban sin habérselo llevado a él.

Pero por fin le llegó el turno. Un hombrecillo de rostro arrugado, que hablaba un inglés extraño, se fijó en *Buck* una mañana.

—¡Ah! —dijo—. Éste ser perro bueno, ¿eh? ¿Cuánto pedir por él?

—Trescientos dólares, y es un regalo —respondió el hombre del jersey rojo—. Y además, como pagas con dinero del Gobierno no tendrás queja. ¿Eh, Perrault?

El llamado Perrault sonrió. Según andaba el precio por los perros, aquello no era demasiado, y el perro era bueno, a lo que parecía. El Gobierno canadiense saldría ganando y el correo también. Perrault, el franco-canadiense, era un experto, y nada más ver a *Buck* adivinó en él a un animal excepcional.

Buck vio cómo el dinero cambiaba de manos y pronto él mismo y *Curly*, una perra Terranova, hubieron de marchar con el hombrecillo. Ésa fue la última vez que ambos vieron al hombre del jersey rojo.

Buck no lo sabía, pero lanzó una melancólica mirada a la ciudad de Seattle desde la cubierta de un vapor, el *Narval*. Tampoco lo sabían, pero ahora se despedían del templado Sur para irse hacia el helado Norte.

Perrault metió los perros bajo cubierta y los entregó a un gigantesco individuo, un mestizo franco-canadiense llamado François. *Buck*, si bien jamás llegó a querer a ninguno de ellos, sí llegó en cambio a respetarles sinceramente. Ambos eran justos e imparciales y además conocían a los perros. Ni se dejaban engañar por ellos ni los engañaban.

En la bodega del *Narval*, *Buck* y *Curly*, la Terranova, encontraron otros dos perros. Uno de ellos era enorme, había llegado de Spitzberg, y su pelaje era blanco como la nieve. Lo llamaban *Spitz*, y era cordial, pero muy traicionero. Movía amistosamente el rabo, pero no tardaba en hacer alguna trastada, como cierta vez en que, por ejemplo, robó parte de la cena a *Buck*.

Éste se lanzó para castigarle, pero antes, el látigo de François silbó en el aire y cayó sobre el culpable contundentemente. *Buck* comprendió que el mestizo se había comportado bien y desde entonces le cobró cierto respeto.

El otro perro no prestaba atención a nadie, ni intentó robar la comida a los recién llegados. Era huraño y solitario, y así lo demostró claramente a *Curly* cuando la perra se acercó a él amistosamente y él la gruñó. Se llamaba *Dave* y se pasaba el día durmiendo, comiendo y abriendo la boca en interminables bostezos.

Ni siquiera se interesó por su situación cuando el *Narval* cruzó el estrecho de la Reina Carlota y comenzó a cabecear en un mar embravecido. *Buck* y *Curly*, enfermos de mareo y de terror, estaban muy nerviosos, pero *Dave* se limitó a mover la cabeza, indiferente, y a seguir durmiendo.

El barco continuó su marcha, impulsado por sus máquinas, y *Buck* pudo constatar que cada vez hacía más frío.

Por fin un día las hélices se detuvieron y una gran agitación se notó en el *Narval*. Los perros comprendieron que se aproximaba un nuevo cambio.

François les colocó las correas a los cuatro y los sacó a cubierta. Cuando *Buck* puso en ella las patas, se le hundieron en una sustancia blanca y poco consistente. Saltó hacia atrás, con un gruñido de sorpresa. Esa misma sustancia caía desde el cielo y lo cubría todo, incluido su pelaje. Se lo sacudía, pero seguía cayendo sobre él.

La probó con la lengua y la encontró muy fría, aunque pronto se deshacía en la boca. Los hombres que lo miraban se reían y *Buck* se sintió irritado y un poco avergonzado, aunque no sabía por qué.

Era la primera vez que veía la nieve y la probaba.

El primer día de estancia en Dyea resultó una pesadilla para el perro. A cada momento ocurría algo inesperado. Le habían arrancado de un mundo civilizado, en el que cada cosa tenía su razón de ser, para lanzarlo al mismo corazón de lo desconocido.

¡Adiós a la vida indolente, bajo el agradable sol, sin nada que hacer sino jugar, comer y dormir! Ahora no había descanso ni un solo momento, ni tampoco la seguridad a la que había estado acostumbrado.

Todo estaba lleno de confusión y de actividad, y lo que era peor, en cualquier momento su propia vida, o una pata, corrían peligro. Tenía que estar alerta continuamente, pues allí ni los perros ni los hombres eran civilizados, sino tan salvajes los unos como los otros.

Simplemente, allí imperaba solamente la ley del colmillo y del garrote.

Buck no había visto jamás a los perros pelear como fieras. Su primera experiencia fue inolvidable.

Por fortuna para él, fue una experiencia ajena, porque de lo contrario probablemente no habría sobrevivido a ella. En cambio, la víctima fue la amistosa perra Terranova, *Curly*.

Habían acampado cerca de una cabaña que les servía de almacén cuando *Curly*, con su habitual bondad, se acercó a un *huskie*, uno de los feroces perros esquimales que tienen el tamaño y la fiereza de un lobo, pero que estaba tan delgado que pesaría menos de la mitad que *Curly*.

No hubo advertencia alguna: una embestida rapidísima, un rápido chascar de mandíbulas, y la cara de *Curly* quedó desgarrada desde un ojo hasta la boca, y el *huskie* se retiró.

Ésa es precisamente la manera de luchar de los lobos: ataque súbito y huida. Pero, desgraciadamente, hubo algo más. Otros treinta o cuarenta *huskies* se habían acercado a la carrera y establecido un círculo en torno a los combatientes. *Buck* no comprendía aquel silencio ominoso, ni tampoco por qué se relamían las fauces aquellos perros.

Curly, enfurecida, cargó contra su agresor, el cual le lanzó otra dentellada y saltó a un costado. Luego aguardó con el pecho la nueva carga de *Curly* y, con un raro movimiento de sus flancos, la volteó. La pobre perra no volvió a incorporarse.

Porque esa caída era lo que precisamente esperaba el círculo de perros. Esta vez, ladrando, se abalanzaron sobre la perra Terranova, la cual desapareció bajo una bullente masa de cuerpos y bocas feroces.

Buck quedó desconcertado ante aquel comportamiento. Vio a *Spitz* sacar la lengua en un gesto que parecía una risa, y vio también a François lanzarse hacha en mano contra la jauría, seguido por tres hombres armados con garrotes. No les llevó mucho tiempo hacer huir a los *huskies*, pero la pobre perra yacía ya sin vida, desgarrada casi hasta los huesos.

El mestizo maldecía fluidamente, y durante mucho tiempo aquella escena llenó de pesadillas los sueños de *Buck*: de manera que aquélla era la manera de luchar en ese lugar. Nada de pelea limpia, ninguna regla de juego en la lucha y ninguna piedad para el que caía.

Y también desde ese día, *Buck* odió a *Spitz* al verle relamerse. Un odio mortal.

No tardó *Buck* en recibir otra sorpresa, y ésta, aunque no dolorosa, sí resultó humillante.

François le puso por primera vez el arnés, un arnés semejante al que había visto colocar a los caballos en California, en la casa del juez Miller. Y de la misma manera que había visto a los caballos trabajar tirando de un coche, de esa misma manera hubo de trabajar él tirando de un trineo hasta el bosque que había cerca de allí, al otro lado del valle, y regresando con el armatoste lleno de leña.

Por supuesto, *Buck* se sentía humillado al ser tratado como una bestia de carga, pero ya había aprendido a no rebelarse, porque conocía el castigo. Por tanto, puso en ello su mejor voluntad, pese a que la tarea le resultaba tan extraña como penosa.

François, hombre justo, era sin embargo duro y exigía una obediencia absoluta. En su mano, el látigo se convertía en un arma de castigo sumamente dolorosa.

Dave, perro experimentado en el tiro, por su parte, lanzaba mordiscos a las patas de *Buck* cada vez que éste se equivocaba. Al mismo tiempo, *Spitz*, delantero guía, aunque no podía alcanzar a *Buck* con sus mordiscos, gruñía y de cuando en cuando intentaba arrojar su peso hacia un lado del camino para equivocar a *Buck*. Pero éste aprendía rápidamente.

Con la ayuda combinada de François y de sus dos compañeros hizo progresos extraordinarios, y cuando regresaron al campamento ya sabía obedecer las voces de mando del mestizo: cuándo detenerse y cuándo avanzar. También había aprendido que las curvas era necesario tomarlas muy abiertas y mantenerse lejos del perro guía cuando el trineo iba cuesta abajo.

—Buenos peggos —decía François a Perrault—. *Buck* tiga fuegte como el diablo. Apgende bastante gápido.

Perrault tenía prisa por entregar el correo y volvió con dos perros más, *Billy* y *Joe*, dos auténticos *huskies*, que aunque hijos de la misma madre eran muy distintos entre sí.

Billy era un perro de buen humor, al contrario que *Joe*, el cual era hosco, gruñía incesantemente y una mirada maligna se leía en sus ojos oblicuos.

Buck recibió a ambos amistosamente, *Dave* los ignoró como solía hacer con todos y *Spitz* inmediatamente se peleó con uno y luego con el otro. *Billy* huyó cuando los dientes de *Spitz* se le clavaron al costado. *Joe*, en cambio, le hizo frente, con el pelo erizado, las orejas hacia atrás, los dientes fuera y los ojos brillantes. Tan terrible resultaba su aspecto y tan amenazador, que *Spitz* lo dejó en paz, y se limitó a perseguir al inofensivo *Billy*.

A la caída de la tarde, Perrault apareció con un nuevo perro, un *huskie* viejo, lleno de cicatrices de anteriores batallas y un solo ojo. Su aspecto imponía. Le habían puesto el nombre de *Sol-leks*, «el irritado», en lengua india, y al igual que *Dave* ni esperaba nada de los demás ni lo cedía.

Tenía una manía, y *Buck* la aprendió inmediatamente a su costa: no permitía jamás que nadie se le acercase por el lado del ojo ciego, y *Buck* tuvo el primer indicio de ello cuando *Sol-leks* se volvió de pronto hacia él y le desgarró el pecho con una feroz dentellada.

Desde aquel momento, *Buck* evitó acercársele por aquel lado y de ese modo no volvió a tener dificultades con él. El único deseo del tuerto era que le dejasen en paz.

Esa noche, *Buck* se encontró enfrentado a una nueva dificultad: la de dormir. Como la tienda de los hombres, iluminada por una vela, ofrecía un aspecto acogedor, en medio de la helada planicie, se metió en ella. Inmediatamente, tanto Perrault como el mestizo François le maldijeron y le atacaron con las cacerolas y el látigo. Sorprendido, *Buck* salió de nuevo al exterior.

Soplaba un viento helado, que le resultaba aún más insoportable debido a la herida recibida por *Sol-leks*. Se tendió en la nieve y trató de dormir, pero el frío le obligaba a moverse.

Temblando y desesperanzado, vagó por los alrededores, entre las tiendas, y tropezó con perros salvajes que le gruñeron. Él les respondió de la misma manera, ya que aprendía rápidamente, y no tuvo necesidad de pelearse.

Por último se le ocurrió una idea, probablemente algún residuo ancestral. Volvió al campamento y vio que sus compañeros de equipo habían desaparecido. Los buscó por todas partes, pero no logró encontrarlos.

No podían estar en la tienda. ¿Dónde se metían, entonces? Con el rabo entre las patas, cada vez más helado, caminó alrededor de la tienda, hasta que de pronto el suelo cedió bajo sus pies. Retrocedió de un salto, con el pelo erizado, pero sólo recibió como contestación un gruñido amistoso. Se acercó para investigar y vio que *Billy*, hecho un ovillo, yacía cubierto de nieve, e incluso lamió con su lengua el hocico de *Buck*.

Ésta fue otra de las lecciones aprendidas en el día. Para dormir, los perros cavaban un hueco en la nieve, y en seguida el propio calor de su cuerpo llenaba aquel espacio.

Buck imitó a su compañero y pronto pudo dormir, caliente y tranquilo. El día había sido largo y pesado, y aunque asaltado por las pesadillas, especialmente aquella en la que veía morir a la perra *Curly*, descansó y durmió.

Le despertaron los ruidos del campamento. En los primeros momentos no se dio bien cuenta de dónde se hallaba, ya que estaba totalmente cubierto por la nieve que había caído durante la noche y sus capas lo aprisionaban.

Un miedo terrible se apoderó de él, el miedo ancestral en los animales salvajes a estar encerrados. Temía haber caído en una trampa. Los músculos se le contrajeron y con feroz gruñido saltó hacia arriba, con el lomo arqueado, haciendo volar la nieve y descubriendo la luz del día.

Entonces recordó y se tranquilizó. François le saludaba ya con un:

—Ya lo dije. ¡*Buck* apgende gápidamente!

Perrault asintió, satisfecho. Como correo del Gobierno del Canadá, le gustaba tener los mejores perros y *Buck*, como decía François, aprendía pronto y resultaría un buen animal de tiro, si antes no se malograba en alguna pelea.

Horas más tarde, tres nuevos *huskies* se unieron al grupo. Pronto tuvieron todos colocados sus arneses y enfilaron el camino que conducía al desfiladero de Dyea.

Buck se alegró de partir, y aunque el trabajo era duro, no lo era tanto como para extenuarle. Se había contagiado de la animación del grupo, pero aun así se sorprendió ante el cambio que se había operado en *Dave* y en *Solleks*. El arnés parecía haberlos transformado. Perdida su pasividad y su indiferencia, se habían convertido en bestias activas, deseosas de que el trabajo se hiciera bien, y se irritaban cuando alguna confusión en las correas o en los perros nuevos atrasaban la marcha.

Se diría que sólo el trabajo de tirar del trineo les satisfacía. *Dave* avanzaba delante de *Buck*, y *Sol-leks* detrás.

El resto del equipo iba en fila, con *Spitz* a la cabeza como perro guía. Naturalmente el lugar que ocupaba *Buck* había sido elegido por los dos canadienses para que aprendiera de sus compañeros. Y efectivamente, tuvo buenos maestros.

Jamás le permitían equivocarse dos veces, y reforzaban sus enseñanzas con sus afilados colmillos. *Dave* era hábil e imparcial, justo, podríamos decir. Jamás mordía a *Buck* sin que hubiera un motivo para ello, pero, eso sí, al menor error le clavaba los dientes, y como el látigo de François siempre le daba la razón a *Dave*, *Buck* aprendió pronto a no discutir los *consejos* y a no intentar devolver los mordiscos.

En cierta ocasión, se enredó con los tirantes y al momento tanto *Dave* como *Sol-leks* se le echaron encima y lo revolcaron furiosamente. Como es lógico, la confusión se hizo mayor, pero una vez resuelta, *Buck* no volvió a equivocarse. Al día siguiente dominaba bien su trabajo. El látigo de François cayó sobre él con menos frecuencia y hasta Perrault le examinó los pies, que sabía tenía tiernos, debido a la falta de costumbre.

Capítulo III

Todo un día costó recorrer el desfiladero. Hubieron de recorrer el llamado Campo de las Ovejas, la cadena de sierras y la línea de bosques a través de enormes glaciares y ventisqueros.

Llegaron a la cordillera de Chilkoot, que divide en dos las aguas saladas y las dulces, y que podría decirse que es la puerta del gran Norte.

Tuvieron buen tiempo mientras flanqueaban las cadenas de lagos que llenan los cráteres de los volcanes ya extinguidos, y muy avanzada la noche llegaron a un campamento del lago Bennet. Allí, miles de buscadores de oro construían embarcaciones esperando el deshielo de la primavera.

Buck cavó su agujero en la nieve y durmió, agotado. A la mañana siguiente, muy temprano, lo sacaron de su cama y lo volvieron a enganchar al trineo junto con sus compañeros.

Esa jornada cubrieron cincuenta kilómetros por un terreno bastante firme, pero al siguiente y durante varios días más, hubieron de trabajar rudamente, abriendo el sendero por sí mismos.

Generalmente, Perrault iba delante, aplastando la nieve con sus botazas para facilitar la tarea de los perros. François guiaba el trineo, relevando a su compañero en algunas ocasiones. Perrault tenía prisa y presumía de conocer el hielo, que en la época otoñal era muy delgado.

Por otra parte, donde las aguas eran torrenciales, ni siquiera había rastros de hielo. Los días se hacían interminables, y *Buck* se afanaba sobre la ruta. Partían cuando aún era de noche y los primeros resplandores del día les sorprendían con varias millas recorridas ya.

Hacían alto tras caer la noche, para comer un trozo de pescado y echarse a dormir en los agujeros excavados en la nieve. *Buck* estaba siempre hambriento. La escasa libra y media de salmón seco, que era su ración diaria, nunca le bastaba y sufría dolores en el estómago a causa del hambre. Los otros perros eran menos pesados y estaban habituados a esta vida desde que nacieron. Recibían sólo una libra y pese a ello se mantenían en buen estado físico.

Pronto perdió *Buck* la delicadeza de paladar de sus épocas anteriores. Como era más lento para comer, sus compañeros terminaban mucho antes que él y le despojaban de su ración siempre que podían. No sabía defenderse, ya que mientras peleaba con dos o tres, la comida desaparecía en las fauces de los demás. Por tanto, no le quedó más remedio que comer tan aprisa como los otros, y cuando el hambre llegó a hacérsele insoportable, pasó a comer lo que no le pertenecía. Observaba bien y aprendía pronto.

Cierta vez sorprendió a uno de los perros nuevos, llamado *Pike*, un ladrón astuto y desaprensivo, robando un trozo de tocino, mientras Perrault le daba la espalda. Al día siguiente, *Buck* imitó la treta y logró apoderarse de todo el tocino.

Se armó un revuelo considerable, pero nadie sospechó de *Buck*. El castigado fue *Dub*, un ladrón torpe, que cargó con todas las culpas.

Eso demostraba que *Buck* era apto para sobrevivir en un ambiente tan hostil. Demostró claramente su adaptabilidad y su capacidad para acostumbrarse a los cambios, sin lo cual pronto hubiera muerto. Demostró además que su moralidad, aprendida con sus anteriores amos, se había evaporado ante la exigencia vital, ante la desesperada lucha por la existencia.

En el Sur no le hubiera sido necesario, ya que allí imperaban las leyes del amor y del compañerismo, lo mismo que el respeto a la propiedad privada y a los sentimientos personales.

Pero aquí, en el Ártico, bajo la ley del garrote y del colmillo, nadie tomaba en cuenta tales leyes. Hubiera sido un tonto y, lo que es peor, jamás habría podido sobrevivir.

Naturalmente, *Buck* no razonaba de esta manera. Simplemente era apto, e inconscientemente se adaptaba a su nueva forma de vida. Nunca había rehuido las peleas, pero el garrote del hombre de la zamarra roja le había enseñado el código más elemental y primitivo. En su antigua vida hubiera podido morir por una cuestión ética; por ejemplo, la defensa de alguno de los intereses del juez *Miller*.

Ahora, en cambio, se evidenciaba toda su habilidad para rehuir toda consideración moral si el pellejo estaba en juego, *y lo estaba*. No robaba por placer, abiertamente, sino porque el estómago le reclamaba comida. En resumen: lo que hacía le resultaba necesario hacerlo.

Su aprendizaje fue veloz. Sus músculos se endurecieron hasta adquirir la consistencia del acero bien templado, y se hizo inmune al dolor corriente. A la economía de sus fuerzas siguió pronto la economía de sus vísceras. Cualquier cosa, por repugnante que fuera, si era comestible, la comía, y los jugos de su estómago extraían de ella hasta la última partícula nutritiva. Su sangre se encargaba después de llevarla hasta los más apartados rincones de su fisiología y se transformaba en tejidos fuertes y resistentes.

Su vista y su olfato se agudizaron de una manera extraordinaria. Su oído se volvió tan fino que, aun mientras dormía, podía determinar si un sonido era signo de peligro. Aprendió a desprender con los dientes el hielo que se le acumulaba entre los dedos de las patas y, cuando sentía sed y el agua estaba cubierta por el hielo, aprendió a quebrar la costra, golpeándola con las patas delanteras.

Se volvió muy hábil también para prever con un día de anticipación el rumbo que tomaría el viento, aunque ni la menor brisa soplara cuando cavaba su agujero para dormir: si después comenzaba a soplar el viento, lo hallaba bien protegido por un talud de nieve o por una roca.

No solamente aprendió por medio de la experiencia: sus instintos, adormecidos por generaciones de perros domésticos, despertaron. Retornaba a la juventud de su especie, a la época en que los perros salvajes rondaban en manadas por la selva y cazaban su sustento como y donde podían.

No le resultó difícil aprender a pelear con empujones y veloces dentelladas, como los lobos, porque así habían peleado sus lejanos antepasados. Se adaptó al principio con esfuerzo, después fácilmente. Y cuando en las noches frías dirigía el hocico hacia alguna estrella, aullaba como un lobo.

La educación que había recibido de pequeño se fue así perdiendo, y *Buck* tornó a sus ancestros. Y todo porque los hombres habían descubierto un metal amarillo en las cercanías del polo norte, y porque allí solamente los perros podían arrastrar trineos, ya que los caballos hubieran muerto en dos días. Y también porque Manuel, un ayudante del jardinero, que ganaba lo suficiente sólo para alimentar a su esposa e hijos, necesitaba el dinero.

Así, la bestia primitiva afloraba en *Buck* bajo las terribles condiciones de vida en las regiones árticas, creciendo día a día. Su nueva astucia le proporcionaba equilibrio y control. Demasiado ocupado en la supervivencia, no sólo evitaba las riñas, sino que las rehuía abiertamente excepto cuando no tenía más remedio. No era propenso a las temeridades ni a las acciones precipitadas.

En su odio por *Spitz* jamás se dejó arrastrar por él y evitó todo acto ofensivo, que hubiera sido castigado al instante por Perrault o su compañero.

Spitz no perdía, por su parte, ocasión alguna de provocarle, presintiendo en él a un rival poderoso, que podía convertirse en un peligro para su jefatura. Hasta llegó en ocasiones a salirse de su camino para procurar intimidarle, tratando de llevarlo a una pelea que sólo concluiría con la muerte de uno de los dos.

Tal combate podría haberse llevado a cabo al principio del viaje, a no mediar una circunstancia. Al final de un día de marcha, habían levantado el campamento en las orillas del lago La Barge. Una fuerte nevada, un viento que cortaba como un cuchillo, les había llevado a buscar casi a tientas un lugar donde pernoctar. No les pudo ir peor.

A sus espaldas había una pared de roca, casi perpendicular, y Perrault y François tuvieron que tender sus mantas y encender el fuego sobre el hielo del lago, ya que la tienda la habían dejado en Dyea para viajar menos cargados.

Unas pocas astillas les permitieron encender un fuego que se apagó por falta de combustible casi en cuanto terminaron de cenar.

Buck cavó su cobijo junto a la pared que les servía de protección. Un refugio que pronto se convirtió en algo tan cálido y confortable que hubo que hacer un esfuerzo para abandonarlo cuando Perrault distribuyó el pescado que había descongelado sobre el fuego.

Pero al terminar su comida y volver a su agujero, lo encontró ocupado. Un irritado gruñido le advirtió quién era el intruso: *Spitz*. Hasta entonces, *Buck* había evitado siempre los encuentros con su enemigo, pero esta vez pasaba ya de la raya. La bestia que había nacido en él reclamaba venganza y justicia prontamente.

Saltó sobre *Spitz* con una fuerza y una furia que sorprendió a ambos, sobre todo a *Spitz*, ya que éste siempre había tenido a *Buck* por un perro tímido, aunque de gran volumen y peso.

También François se sorprendió al verlos saltar, hechos una madeja. Inmediatamente adivinó la causa de la pelea.

—¡Ahhh! —gritó a *Buck*—. ¡Dale, qué demonios! ¡Castiga a ese sucio ladrón!

Spitz ya estaba dispuesto a la pelea. Aullando, giraba en torno a *Buck*, buscando el mejor momento para atacarle. *Buck* también estaba preparado, y buscaba su oportunidad sin volverle nunca la espalda ni los flancos. Entonces sucedió lo imprevisto, lo que durante jornadas enteras postergó la lucha por el predominio.

Fue una maldición de Perrault, seguida por el seco golpear de un garrote en un huesudo cuerpo. De pronto, el campamento pareció llenarse de sombras furtivas y peludas: desde alguna cercana aldea india habían llegado un montón de *huskies,* varias docenas, que habían olido el campamento.

Se habían acercado mientras *Buck* y *Spitz* se disponían al combate, y cuando los dos hombres se lanzaron sobre ellos con los garrotes, les enseñaron los dientes y devolvieron el ataque. El aroma de la comida les había vuelto locos.

Perrault halló a uno de ellos con la cabeza metida en el cajón de las provisiones. Su garrote cayó brutalmente sobre las flacas costillas y el cajón de la comida rodó por el suelo.

Al instante, no menos de veinte fieras hambrientas se abalanzaron sobre la galleta y el tocino. Los palos llovían sobre ellos desde todas partes, y ellos respondían con aullidos y mordiscos, luchando fieramente, hasta que devoraron la última partícula de comida.

Los perros del trineo habían salido de sus escondrijos, sólo para ser atacados por los feroces visitantes. *Buck* jamás había visto perros semejantes. Parecía que las costillas les atravesaban la piel. Eran esqueletos ambulantes, envueltos en arrugados pellejos, con ojos llameantes y afilados colmillos.

Pero el hambre les tornaba rabiosos. Los perros del equipo hubieron de retroceder hasta la pared de roca ante la primera carga de los intrusos. *Buck*, acorralado por tres de ellos, luchaba por su vida, y en un momento tuvo la cabeza y el lomo llenos de heridas y desgarrones.

La confusión era terrible.

Billy, como de costumbre, lloriqueaba miedosamente. *Dave* y *Sol-leks*, chorreando sangre por varias heridas, combatían valerosamente uno junto al otro, y *Joe* lanzaba dentelladas, convertido en un demonio luchador.

De pronto, alcanzó la pata delantera de uno de los atacantes y se la mordió hasta el hueso. *Pike*, el ladronzuelo, se echó sobre la bestia y de una dentellada le cortó la yugular. *Buck* consiguió atrapar por el pescuezo a un adversario que babeaba de rabia y consiguió también alcanzarle la vena del cuello. El tibio sabor de la sangre pareció estimular su voracidad. Se abalanzó sobre otro y en ese instante sintió cómo unos colmillos se le clavaban en el cuello.

Era *Spitz*, que le había atacado a traición.

Tras haber rechazado a los enemigos, François y Perrault acudieron a socorrer a sus propios animales. La salvaje oleada de atacantes hambrientos retrocedió ante ellos y *Buck* pudo librarse de su adversario, pero sólo por un instante.

Los hombres tenían que ocuparse de poner a salvo las provisiones, de manera que los *huskies* tornaron al ataque contra los perros del equipo. *Billy*, con el valor de la desesperación, rompió a dentelladas el salvaje círculo que lo rodeaba, y huyó por el hielo.

Pike y *Dub* le siguieron de cerca, y en seguida todos los demás. En el momento en que se disponía a imitarlos, *Buck* advirtió con el rabillo del ojo que *Spitz* saltaba hacia él con la evidente intención de derribarlo. Una vez caído en medio de la jauría atacante, no le hubiera quedado esperanza alguna de sobrevivir. Por tanto, se afirmó sobre sus patas, resistió la embestida y huyó por el hielo, tratando de alcanzar a sus compañeros.

Los perros se reunieron después y buscaron en el bosque refugio. Ninguno de ellos estaba ileso, y por lo menos tenía cada uno cuatro o cinco dentelladas, algunas bastante graves.

Dub tenía un feo tajo en la pata trasera izquierda; *Dolly*, la última *huskie* incorporada al grupo, había sufrido un desgarrón en el cuello, y *Joe* había perdido un ojo. *Billy*, el bondadoso, con una oreja hecha jirones, aullaba y el resto de la noche lo pasó gimiendo.

Al despuntar el día volvieron al campamento para encontrar en él a los dos hombres de muy mal humor. Los *huskies* se habían retirado ya, pero la mitad de las provisiones habían desaparecido. Los salvajes atacantes habían roído las riendas del trineo y la cubierta de lona. Nada ligeramente comestible se había escapado de sus colmillos, e incluso se habían comido dos mocasines de Perrault y medio látigo de François.

Éste dejó de lamentarse para ocuparse de sus perros.

—Ah, amiguitos —dijo—. Alguno de vosotros va a enfermar de rabia. Tal vez todos.

Perrault movió la cabeza meditabundo. Quedaban aún cuatrocientas millas para llegar a Dawson y no podía permitir que la rabia se cebara entre sus animales... Tras dos horas de trabajo, lograron recomponer los arneses y el maltrecho equipo prosiguió la marcha, avanzando con dificultad sobre el difícil tramo de camino que les quedaba.

El río Thirty Mile no se había congelado del todo. Sus torrenteras desafiaban aún al terrible frío y el hielo sólo se concentraba en las orillas y en los remansos más tranquilos. Esas terribles treinta millas les costaron seis días de trabajo agotador. Cada paso significaba un peligro de muerte para los hombres y para los perros. Muchas veces Perrault sintió cómo el hielo se hundía bajo sus pies y se salvó sólo gracias a la larga pértiga que empuñaba, y que sostenía de tal manera que quedara atravesada en los agujeros hechos por su cuerpo.

Pero como soplaba un viento gélido, y el termómetro estaba por debajo de los veinte grados bajo cero, cada vez que caía al agua, Perrault se veía obligado a encender fuego para secarse la ropa y salvar la vida.

Y sin embargo, nada les detenía. Precisamente por eso habían sido elegidos como correo del Gobierno canadiense. Enfrentaban cualquier riesgo dando la cara al viento y trabajando de la mañana a la noche.

Recorrió los peligrosos bordes del lago sobre una delgada capa de hielo que crujía amenazadora bajo sus pies, y en la cual no se atrevían a hacer alto. En cierta ocasión, se hundió el trineo con *Dave* y *Buck*, y ambos se hallaban semicongelados cuando los sacaron de allí. Hubo que encender fuego para que se les descongelara el hielo que les había cubierto como una capa, y fueron obligados a correr en torno al fuego, tan cerca que las llamas llegaron a chamuscarles el pelo.

En otra ocasión fue *Spitz* el que se hundió, arrastrando consigo a todo el equipo, hasta que *Buck* clavó sus patas en el resbaladizo margen del hielo y aguantó con todas sus fuerzas. Tras de él, *Dave* aguantó también y, más atrás aún, François con los talones clavados en el suelo, con tanta fuerza que casi se partió los tendones.

Otra vez, el hielo de la costa se quebró delante y detrás del trineo, y hubo que ascender por la pared de roca, lo que consiguieron por puro milagro. Los perros fueron izados por medio de los arneses, hasta el borde mismo del precipicio. Por último, ascendió François, tirando de la carga. Había que buscar un lugar por el que bajar de nuevo, también con ayuda de la cuerda. La noche les halló de nuevo en la orilla del río, sin haber avanzado más que un cuarto de milla en toda una jornada agotadora.

Capítulo IV

Cuando llegaron al Hootalinqua, donde el hielo era más sólido, *Buck* estaba derrengado, y los demás perros en un estado parecido. Perrault, para recuperar el tiempo perdido, les obligaba a marchar mientras hubiera luz, y el primer día recorrieron treinta y cinco millas, hasta llegar al río Salmón. Al día siguiente, otras treinta y cinco hasta el Pequeño Salmón, y al tercer día, tras recorrer cuarenta, estaban cerca de Cinco Dedos.

Las patas de *Buck* no eran tan resistentes como las de los *huskies*. Habían sido reblandecidas por muchas generaciones desde que su remoto antepasado, el perro que acompañaba al hombre de las cavernas, había sido dominado y domado por éste.

Durante el día cojeaba, y una vez que se instalaba el campamento, quedaba tendido en el suelo, como si hubiera muerto. Por mucha hambre que tuviera, apenas se levantaba para recibir su ración, y François tenía que dársela de su propia mano.

Además, todas las noches, el francés le daba un masaje en las patas e incluso llegó a fabricarle unos mocasines con un trozo de piel. Esto lo alivió, y hasta el mismo hosco francés se rió cuando, una mañana en que se olvidó de calzarlo, *Buck* no se levantó y permaneció tendido y agitando las patas. Con el tiempo, sus patas se endurecieron y el rudimentario calzado ya no fue necesario.

Cierta mañana, *Dolly*, la perra, que jamás había dado muestra alguna de enfermedad, se volvió rabiosa. Con un prolongado aullido de lobo, anunció su estado y luego se abalanzó sobre *Buck*.

Éste nunca había visto un perro rabioso ni tenía idea siquiera de que existiera dicha enfermedad, pero se dio cuenta de que algo horrible ocurría, y huyó de la perra. Corrió a toda velocidad, con *Dolly* pisándole los talones, pero su miedo era tan grande que la perra no consiguió alcanzarlo.

Buck atravesó a ciegas la isla, cruzó un helado canal que la separaba de otra isla, y se lanzó al agua en el río. Durante todo ese tiempo, y aunque no se volvió, supo que la perra enferma le seguía a menos de un salto.

A lo lejos oyó la voz de François que le llamaba y bruscamente dio un gruñido, pensando que su amo podría salvarlo. François blandía un hacha y, nada más pasar *Buck* por su lado, abatió el arma sobre la cabeza de la pobre *Dolly*.

Tambaleante, *Buck* se aproximó al trineo. Era la oportunidad que esperaba *Spitz*, que saltó y hundió por dos veces sus colmillos en el costado del otro, al que causó dos profundas y dolorosas heridas.

El látigo de François descendió con fuerza terrible sobre *Spitz* y *Buck* contempló cómo el perro guía recibía una paliza durísima.

—Ese animal es un demonio y un día matará a *Buck* —dijo Perrault.

—Pero *Buck* es como dos diablos, lo vegás. Lo vengo obsegvando, segugo. Un día matagá a *Spitz*, ya lo vegás, y lo escupigá sobre la nieve, ya vegás, ya.

A partir de ese momento, la guerra quedó declarada entre ambos perros. *Spitz*, líder del grupo, presentía que su dominio estaba ya amenazado por aquel extraño animal de las tierras del Sur. Ningún perro de aquellas bajas latitudes había logrado sobrevivir en el Ártico, menos *Buck*, que era la excepción.

Porque *Buck* ya se había puesto a la altura de los más salvajes perros nórdicos. Era un animal dominador, y el hecho de que el hombre del jersey rojo le hubiera dominado en aquella ocasión, quitándole la ciega temeridad, le hacía más peligroso, porque le había vuelto más inteligente. Era muy capaz de esperar astutamente el momento oportuno, con una paciencia extraordinaria.

Era inevitable el enfrentamiento por el predominio del grupo, en el que siempre tiene que haber, como en la manada, un amo reconocido. *Buck* deseaba el dominio porque ello formaba parte de su naturaleza, y porque se había adueñado de él el orgullo del sendero y de los arneses, ese orgullo extraño que hace que los perros sigan trabajando hasta el extenuamiento y morir mientras arrastran un trineo, y que les destroza el corazón si se les separa del equipo.

Tal era el orgullo que movía a *Dave*, como perro de tiro, y a *Sol-leks* cuando se esforzaba al máximo en su tarea. El mismo orgullo que les dominaba a todos cuando se levantaba el campamento y les transformaba de bestias hoscas y apáticas en animales esforzados y ambiciosos.

El orgullo que les mantenía trabajando durante todo el día, y les abandonaba sólo por la noche en el momento del descanso. Tal era también el orgullo que mantenía a *Spitz*, y que le hacía castigar a los perros que cometían errores o se ocultaban a la hora de trabajar.

Por eso, temía a *Buck* como posible rival.

Porque *Buck* comenzó a amenazar abiertamente el liderazgo de *Spitz*. Por ejemplo, se interponía entre él y los remolones que merecían castigo, lo hacía con toda premeditación y astucia.

Cierta noche nevó mucho y a la mañana siguiente, *Pike*, el ladronzuelo, no apareció. Seguía oculto en su cobijo, bajo un pie de nieve. François le llamó, y le buscó en vano.

Spitz estaba enfurecido. Inspeccionó el campamento, olisqueando y escarbando, al tiempo que gruñía tan amenazadoramente que *Pike*, desde su escondite, le oyó, temblando de miedo.

Cuando consiguieron sacarlo de allí, y *Spitz* se lanzó sobre él para castigarle, *Buck*, con la misma furia, se colocó entre ambos, tan inesperadamente y con impulso tan calculado, que *Spitz* dio una voltereta en el aire y cayó sobre uno de sus costados.

Pike, que al verse defendido recobró su valor, se lanzó sobre su líder, pero François, que conocía instintivamente las reglas del juego limpio, y siempre estaba dispuesto a administrar justicia imparcialmente, descargó su látigo fuertemente sobre *Buck*.

El castigo no bastó para alejar a *Buck* de su enemigo, y el mestizo tuvo que emplear el mango del látigo. *Buck* retrocedió, un poco aturdido, recibiendo latigazo tras latigazo, mientras a su vez *Spitz* castigaba al renuente *Pike*.

En los días siguientes, y según se iban aproximando a Dawson, *Buck* continuó con su actitud de interponerse entre *Spitz* y los culpables a los que éste intentaba castigar, pero ahora, y temiendo el látigo de François, lo hizo con astucia, bien cuando el mestizo no estaba cerca, bien fingiendo torpeza.

Esa actitud rebelde se propagó al resto del equipo y desembocó bien pronto en una insubordinación general. *Dave* y *Sol-leks* no intervinieron en ella, pero sí el resto del grupo, el cual comenzó a marchar de mal en peor.

Había constantes riñas y demoras, y los inconvenientes surgían a cada paso: detrás de todos ellos, no hace falta decirlo, se hallaba *Buck*. Éste mantenía constantemente ocupado a François, ya que el conductor del trineo temía que se produjera un inminente duelo a muerte entre los dos perros. No dudaba de que ese duelo se produciría más tarde o más temprano, y más de una noche, al oír ruido de pelea entre los perros, dejó el lecho temiendo que los dos enemigos se hubieran enzarzado ya.

No obstante, la ocasión no se presentó aún. Una helada tarde llegaron a Dawson, sin que la pelea hubiera tenido lugar. Había allí muchos hombres y por supuesto innumerables perros, y *Buck* vio cómo todos ellos trabajaban.

Todo el día iban y venían por la calle principal, en largas filas, y por la noche incluso también tintineaban sus cascabeles. Acarreaban troncos para el fuego, arrastraban las cargas de las minas y cumplían todas las faenas que en el Sur son realizadas por los caballos.

Buck vio allí muchos perros del Sur, pero la mayoría de los que había eran mestizos de *huskies* y lobo, que todas las noches, hacia las doce y las tres, entonaban sus lúgubres cánticos, de los que no tardó *Buck* en formar parte.

Cuando la aurora boreal iluminaba el firmamento con sus llamaradas, y las estrellas brillaban en el cielo helado, y la tierra yacía rígida bajo su manto de nieve, parecía como si la canción de los *huskies* fuera un desafío de vida, con sollozos y prolongados gemidos que resultaban estremecedores.

Era su cántico, un cántico tan antiguo como la raza, una canción cargada de pena, de añoranza de innumerables generaciones. *Buck* también la entonaba, con el dolor de vivir, con el temor al miedo y a la oscuridad, y al silencio, sobre todo.

Siete días después de que llegaran a Dawson, volvieron a la pista, por las empinadas orillas del Barrachs, rumbo al Yukón, dirigiéndose hacia Dyea y Salt Water. Perrault llevaba algunos despachos urgentes, más aún que los que había entregado, y además le dominaba el orgullo del viaje, por lo que se propuso realizar el más rápido de todo el año.

Las circunstancias eran en cierto modo favorables para su objetivo. Durante aquella semana, los perros se habían repuesto y habían descansado. El sendero estaba endurecido por el paso de muchos viajeros y los trineos se deslizaban bien por él.

Por otra parte, la policía había instalado en dos o tres lugares adecuados depósitos de alimentos para perros y hombres, y se podía viajar con poca carga.

Llegaron a sesenta millas, lo que significaba cincuenta millas el primer día. El segundo los encontró remontando el Yukón rumbo a Pelly. No obstante, estas jornadas pese a su duración no se cumplieron sin algunos disgustos para François.

La insidia de *Buck* había destruido la cohesión del equipo. Ya no había solidaridad, esa solidaridad tan necesaria para que el trineo marchase bien. El coraje que la actitud de *Buck* había despertado en los demás perros se tradujo en que éstos comenzaron a cometer toda clase de desobediencias, algunas de poca monta y otras no tanto.

Spitz ya no era tan temido como líder. El temor se había desvanecido y hasta llegaban a desafiar su autoridad.

Cierta noche, *Pike* le robó la mitad de su pescado y se la comió, con la ayuda y bajo la protección de *Buck*. Otra noche, *Joe* y *Dub* pelearon ambos contra *Spitz* y le impidieron castigarles. Y hasta *Billy*, el bonachón, ya no sólo no gruñía tan cordialmente como antes, sino que enseñaba con frecuencia los colmillos.

Buck nunca se acercaba a *Spitz* sin gruñir y mostrar los dientes. Su conducta era muy parecida a la del matón que se complace fanfarroneando ante su enemigo.

Naturalmente, la situación de indisciplina perjudicó las relaciones de los perros entre sí. Se provocaban más que nunca, y algunas veces el campamento era lo más parecido a un manicomio. Tan sólo *Dave* y *Sol-leks* no habían cambiado, si bien también la irritabilidad que se respiraba en el ambiente les hacía a veces gruñir.

François rugía, maldecía y daba puntapiés a diestro y siniestro. Hasta llegaba a mesarse los cabellos, y su látigo caía sin cesar sobre los perros, pero tan pronto como les volvía la espalda, aquéllos volvían a las andadas. Él no tenía más remedio que apoyar a *Spitz*, con su látigo, mientras que *Buck* apoyaba el resto de la traílla.

François sabía que *Buck* era el responsable, y *Buck* no ignoraba que el amo lo sabía, pero el perro era demasiado astuto como para que le pescaran en alguna actitud francamente reprensible. Trabajaba infatigablemente, pues la tarea se había convertido en un placer para él, pero mientras tanto no dejaba de fomentar la disensión en el equipo.

Cierta noche, en las bocas del Tahkeena, una vez que hubieron comido, *Dub* divisó de pronto una liebre de las nieves y se lanzó hacia ella, pero sin lograr atraparla. Al instante, toda la traílla se precipitó a la caza. Unas cien yardas más allá se hallaba el destacamento de la Policía Montada, con cincuenta perros, todos ellos *huskies,* que se sumaron a la persecución.

La liebre enfiló la orilla del río y se fue hacia un riachuelo sobre cuya helada superficie prosiguió su veloz huida.

Corría como un relámpago blanco, en tanto que los perros la seguían a duras penas, escurriéndose sobre la deslizante capa de hielo. *Buck* encabezaba la jauría, que se componía ya de unas sesenta bestias, describiendo curvas, al mismo tiempo que lo hacía la liebre pero sin poderla alcanzar.

El perro corría aullando ansiosamente y su cuerpo brillaba a la luz de la luna. Pero la liebre, por medio de sus fantásticos saltos, lograba siempre escurrir el bulto ante la acometida.

Buck había descubierto el placer de la caza, dormido en él por generaciones enteras de perros no adiestrados para ello. No ansiaba más que atrapar y matar, y eso le llevaba al frente de la jauría, persiguiendo la carne viva y palpitante que ya sentía en sus fauces.

No otra cosa siente el soldado en el ardor del combate, olvidado ya el miedo del principio, cuando ni da ni pide tregua y sólo piensa en morir matando. *Buck* se había ya convertido en un lobo, en lo que fueron sus ancestros, dominado por el éxtasis de la caza.

Pero *Spitz* era frío y calculador.

Sin que los demás se dieran cuenta, abandonó la jauría y cortó camino por una estrecha franja de tierra, que atajaba al arroyo. Él conocía el terreno y *Buck* no, por lo que el último siguió el mismo camino que llevaba la blanca liebre, cuando de pronto vio cómo un fantasma, igual de blanco pero mucho más grande, saltaba desde el talud del río e interceptaba el camino a la liebre.

Era *Spitz*.

La liebre no pudo retroceder, y los blancos dientes le quebraron el espinazo, al tiempo que lanzaba un agónico chillido. La jauría elevó su grito al mismo tiempo.

Buck no levantó la voz siquiera. No se detuvo, sino que se lanzó sobre *Spitz* con tal fuerza que erró la dentellada. Los dos cuerpos, unidos en un abrazo mortal, se revolcaron sobre la nieve.

Spitz se levantó con rapidez y saltando hacia atrás logró morder a *Buck* en el pecho. Dos veces se cerraron sus mandíbulas como una trampa, mientras reculaba buscando mejor posición para la lucha y mientras gruñía como un demonio.

Buck lo comprendió instantáneamente: había llegado la hora. La hora de la lucha a muerte. Mientras giraban, enfrentándose, persiguiéndose, tensas las orejas, atentos sólo al logro de la posible postura ventajosa y al instante en que hundir sus dientes en el punto vital del enemigo, aquella escena le resultó ligeramente familiar a *Buck*.

Era como si recordase de pronto tiempos pasados, remotísimos. Los blancos bosques, la luna, la albura, el silencio y la excitación de la batalla. Ni un soplo de aire se movía ahora, sólo el pesado aliento de los perros rompía el silencio.

La liebre había sido ya devorada en un abrir y cerrar de ojos, y sus comedores, en un círculo, contemplaban la batalla por la jefatura. Sabían que solamente uno de los contendientes se levantaría. Quizá ni siquiera uno solo de ellos.

Spitz era un adversario ducho y avezado. Desde las islas de *Spitz*berg, a través del Ártico, y por todo el Canadá, había luchado con toda clase de perros y los había derrotado. Su furia era amarga, pero no ciega. Deseaba morder y destruir, pero jamás olvidaba que su adversario podía a su vez herir y matar. Nunca por tanto embestía si antes no se había preparado para rechazar otra posible embestida.

En vano *Buck* intentaba hincar sus colmillos en el blanco cuello del gran perro.

Tantas veces como lo intentó halló a su vez los colmillos del otro. Pronto los hocicos de ambos estuvieron desgarrados y sangrantes. Pero no pudo burlar la guardia de su enemigo.

Entonces, acorraló a *Spitz*, mientras juntaba todas sus fuerzas, con un torbellino de ataques relámpago. Una y otra vez trató de alcanzarle el cuello, allí donde la vida palpita más cerca de la piel, y una y otra vez la presa se le escapó.

Por último, *Buck* recurrió a otra treta. Atacó como si buscara la garganta, pero en el último instante echaba atrás la cabeza y con el lomo apoyado en el de *Spitz,* lo empujaba para hacerle caer. A cada nueva embestida recibía una nueva herida en el pecho, y *Spitz* lograba esquivarlo.

Éste continuaba ileso, en cambio *Buck* chorreaba sangre por todos lados y respiraba ya pesadamente. La lucha era desesperada, mientras el salvaje círculo que los rodeaba esperaba pacientemente para devorar al que cayera.

Spitz atacó a su vez y *Buck* cayó a tierra. Al instante, el círculo de perros se le acercó, pero *Buck* logró recobrarse, casi en el aire. Entonces se vio que tenía algo que le faltaba al otro: imaginación. Peleaba por instinto, sí, pero también usaba su cabeza.

Arremetió como si fuera a utilizar la vieja triquiñuela de empujar con el hombro, pero en el último instante se agazapó en la nieve y sus dientes se cerraron sobre una de las patas de *Spitz.*

Hubo un crujido de huesos que se quiebran y a partir de entonces el gran perro blanco sólo le pudo hacer frente sobre tres de sus patas. Nuevamente *Buck* le hizo la misma triquiñuela y le quebró la pata derecha. A pesar del dolor y de la invalidez, *Spitz* luchó valientemente por conservarse en pie, pero ya las fuerzas le iban faltando. Veía el silencioso círculo de ojos amarillentos que se le acercaban. Esta vez comprendió que él era el derrotado.

No había esperanzas para él, y *Buck* fue inexorable. La piedad era algo propio de climas más benignos y de pasiones adormecidas. Se aprestó para la embestida final.

En sus flancos sentía ya el jadear de los *huskies*. Hubo una pausa, con todos los animales inmóviles, como si se hubieran petrificado. De pronto *Buck* se lanzó hacia adelante y hacia atrás después. Su lomo golpeó directamente en el lomo de su adversario, y el terrible círculo se cerró sobre el caído. *Spitz* desapareció a la vista.

Buck, campeón triunfante, se hizo a un lado y contempló cómo su adversario era devorado.

Capítulo V

—¿Qué te dije yo? Te dije que *Buck* valía por dos diablos.
François se dirigía a su compañero, cuando a la mañana siguiente, al descubrir la falta de *Spitz*, vieron también a *Buck* cubierto de heridas. Acercaron al perro a la luz del fuego.

—*Spitz* debió pelear como un demonio —añadió François, mientras examinaba las dentelladas y las desgarraduras.

—Y *Buck* como dos demonios, tienes razón. Ahora al menos tendremos un poco de paz en el equipo. *Spitz* y *Buck* no podían ya vivir juntos.

Mientras Perrault se ocupaba de cargar el trineo, François lo hizo en atraillar a los perros. Inmediatamente, *Buck* se dirigió al lugar que ocupaba antes *Spitz*, pero François colocó en esta posición a *Sol-leks*, ya que consideraba que era el mejor para dirigir al tiro. Enfurecido, *Buck* se precipitó sobre *Sol-leks* y lo apartó. Al instante se colocó en su lugar.

—¡Eh, eh! —dijo François riendo—. Migad eso... *Buck* mató a *Spitz* y quiegue encaggagse del tgabajo. Vamos, vamos, ¡afuega!

Buck se negó a obedecerle. François le cogió por el cuello y, aunque el perrazo gruñía amenazadoramente, le hizo a un lado y colocó de nuevo a *Sol-leks* en su lugar. Al viejo perro no le gustaba aquello. Temía a *Buck*. Tan pronto como François volvió la espalda, *Buck*, de nuevo, apartó a *Sol-leks*.

François se encolerizó.

—¡Te voy a haceg picadillo! —gritó. Y echó mano a un pesado garrote.

Buck, recordando al hombre que le había amaestrado, retrocedió de frente. Cuando *Sol-leks* volvió a ser colocado en la cabeza del equipo, no intentó atacar. Pero se quedó a prudente distancia, gruñendo con furia. Eso sí, no perdía de vista el garrote, para poder esquivarlo si François se lo arrojaba. *Buck* había aprendido ya mucho acerca de los hombres y de la manera como manejaban los palos nudosos.

François se dedicó a su trabajo, y cuando llegó al lugar que debía ocupar *Buck*, le llamó para instalarlo en él. *Buck* retrocedió dos pasos, y el mestizo le siguió, pero el perro continuó reculando.

El juego, si así podíamos llamarlo, se repitió varias veces, hasta que François, pensando que *Buck* temía al garrote y mientras lo tuviera en la mano no obedecería, lo dejó. Pero *Buck* había emprendido el camino de la rebelión, no trataba de escapar a un posible castigo, sino que quería la jefatura. La había ganado, lo sabía y no se conformaría con menos.

Perrault acudió en ayuda de François, ya que se estaba retrasando la partida, y entre ambos persiguieron a *Buck* durante un buen rato. Le lanzaban los palos y él los esquivaba. Le maldijeron hasta quedarse roncos, pero *Buck* se limitó a gruñir y a mantenerse fuera del alcance de los pesados palos.

Ni siquiera trataba de escapar. Rondaba el campamento, demostrando bien a las claras que, cuando le dieran lo que creía merecer, volvería. François se rascó la cabeza, mientras miraba el reloj, y volvió a maldecir fluidamente. El tiempo se les escapaba.

Por último, ambos hombres se miraron y comprendieron que habían sido derrotados por el perro. Por tanto, François fue hasta el lugar que ocupaba *Sol-leks* y llamó a *Buck*. Éste mantuvo la distancia, pero abriendo la boca como si se riera. François desató a *Sol-leks* y lo colocó en su antiguo sitio. Todo el equipo estaba ya en su lugar, impaciente por arrancar. Sólo quedaba un lugar vacío: el del perro guía. Una vez más François llamó a *Buck* y éste continuó sin acercarse.

—Dega el gag-gote —ordenó Perrault.

François obedeció. Inmediatamente *Buck* se aproximó al trote y ocupó el lugar del guía. Le ciñeron el arnés y el trineo echó a andar, para enfilar rápidamente el sendero del río.

Pronto comprendió François que había subestimado a *Buck*, no en lo que valía como perro de pelea, sino en lo que se refería a su capacidad para ser el guía. En un instante, *Buck* asumió sus obligaciones y demostró bien pronto que era superior en todo a *Spitz*, de quien François por cierto decía que nunca había visto otro mejor.

Y demostró igualmente su capacidad en dictar leyes y hacerlas cumplir por sus compañeros de tiro. Tanto a *Dave* como a *Sol-leks*, perros profesionales, podríamos llamarlos así, les importaba poco el cambio de jefe. Lo suyo era trabajar y eso hacían en la ruta, sin preocuparse de otra cosa. Mientras les dejasen hacerlo, no les preocupaba quién estuviera en el primer lugar de la línea.

Incluso *Billy*, el buenazo, hubiera sido para ellos un guía, sin que protestaran. Pero no ocurría lo mismo con el resto del equipo. Éste, debido precisamente a la actitud de *Buck* últimamente, se había vuelto muy levantisco y estaba revolucionado. Por ello precisamente, acostumbrados a que *Buck* los defendiese de *Spitz*, se sorprendieron cuando ahora vieron cómo era el propio *Buck* el que les castigaba para forzarles a obedecer las normas.

Pike, que iba a la zaga de *Buck*, y que jamás había tirado del arnés más que con la fuerza absolutamente necesaria, fue castigado varias veces por haragán y antes de que concluyera el día trabajaba más de lo que lo había hecho en toda su vida.

La primera noche, el hosco *Joe* recibió una buena paliza, paliza que jamás había podido darle *Spitz*. *Buck* le aplastó con todo el peso de su cuerpo y le mordió hasta que el otro dejó de defenderse, y volvió la espalda en señal de obediencia.

La conducta del equipo y su rendimiento mejoraron notablemente y la traílla recobró su antigua solidaridad. Los perros tiraban de las riendas como si fuesen uno solo. En Rink Rapids incorporaron dos nuevos perros, dos *huskies,* y la rapidez con que *Buck* los colocó en su lugar sorprendió al mismo François, tan acostumbrado sin embargo a tratar con los animales.

—¡Jamás vi a nadie como él! —dijo—. Vale dos mil dólagues. ¡Eh, eh, Peggault! ¿Qué te decía yo?

Perrault estaba de acuerdo.

Para entonces ya había recuperado el tiempo perdido e incluso había adelantado sobre su horario. La senda estaba en muy buenas condiciones, el suelo firme y endurecido, y no tuvieron que soportar nuevas nevadas. El frío no era excesivo, aunque algunas veces llegaron a alcanzar los treinta grados bajo cero. Los dos hombres corrían o montaban en el trineo y los perros marchaban a buen paso.

El río de las Treinta Millas estaba cubierto de hielo, y en un solo día, durante el regreso, cubrieron la distancia que a la ida les había costado diez. En una sola etapa recorrieron las sesenta millas que se extienden entre el lago La Barge y los Rápidos del Caballo Blanco.

Al cruzar Marsh, setenta millas de lagos seguidos, alcanzaron tal velocidad que el hombre al que le tocaba correr hubo de atarse con una cuerda al trineo para no quedarse atrás.

Y en la última noche de la segunda semana de viaje llegaron a White Pass y bajaron hacia el mar, viendo las luces de los barcos al pie de la ladera.

Fue ése el más veloz de sus viajes. Durante catorce días habían recorrido un promedio de cuarenta millas al día. Luego llegó el descanso, en Skagway, en cuya calle principal fueron invitados a beber en tanto que el equipo era mirado con admiración por los curiosos e incluso por los conductores de trineos.

Fue aquélla la época en que unos bandidos intentaron asaltar el pueblo. Fueron cosidos a balazos. Pero hubo más noticias que afectaron directamente a nuestro amigo. François y Perrault recibieron nuevas órdenes del Gobierno canadiense. François se abrazó a *Buck* y algunas lágrimas brotaron de sus ojos mientras se despedía de él.

Y como otros muchos hombres, aquellos dos salieron de la vida de *Buck*.

Un mestizo de india y escocés se hizo cargo de él y de sus compañeros de equipo, y junto con otros doce trineos emprendieron nuevamente la marcha hacia Dawson. Ahora ya no se trataba de correr con poco peso, sino de arrastrar pesadas cargas en una ardua tarea cotidiana: era el convoy postal que llevaba las noticias del mundo a los hombres que buscaban oro bajo los hielos del polo norte.

A *Buck* no le gustaba esto, pero cumplía su tarea eficientemente, tan orgulloso de su trabajo como *Dave* y *Sol-leks*, y procuraba que sus compañeros cumplieran igualmente su tarea.

Era una vida monótona, maquinal en su regularidad, y cada día absolutamente idéntico al anterior y al que le seguiría. Todas las mañanas, los cocineros encendían el fuego y se desayunaba. Después, unos desarmaban las tiendas, otros uncían los perros a los atalajes y se ponían en marcha una hora antes del amanecer.

Por la noche se acampaba, se armaban de nuevo las tiendas, unos cortaban leña para el fuego y otros acarreaban agua y hielo para la cocina.

Luego había que alimentar a los perros. Para éstos era el único momento grato del día, pues resultaba agradable vagabundear un poco tras haber consumido la mísera ración de pescado o de tocino. En total eran casi cien perros. Había entre ellos algunos pendencieros, pero tres combates con los más feroces le sirvieron a *Buck* para dejar bien establecido quién mandaba allí. Cuando gruñía y mostraba los dientes, todos los demás se apartaban de su paso.

Le agradaba tenderse junto al fuego, estiradas las patas, los ojos fijos soñadoramente en las llamas. Recordaba a veces la casa del juez Miller, en el soleado valle de Santa Clara, el estanque de cemento, y recordaba también a

Isabel, la perrita chihuahua, y a *Toots*, el dogo japonés, pero sus recuerdos se centraban más en el hombre de la zamarra roja, en *Curly* y en su muerte, y sobre todo en la gran pelea con *Spitz*.

También le gustaba pensar, y babeaba al recordarlas, en las cosas que le gustaría comer, de las que le gustaría hartarse. No tenía nostalgia. El Sur era ya borroso en su memoria, y quedaba lejos, vencido por el recuerdo, el Gran Recuerdo, el de la herencia, que había acabado por apoderarse de él. El instinto, que no es sino la memoria colectiva, se agitaba en él.

Incluso a veces, y de una manera extraña, le parecía que aquel fuego era otro, ante el cual también se encontraba él, y que frente a sí mismo había un hombre de piernas cortas y brazos largos, con pelo largo y que emitía raros sonidos guturales desde su garganta.

Ese hombre miraba con terror a la oscuridad, jamás dejaba apagarse el fuego, y en una de sus manos llevaba un garrote a cuya punta tenía atada una piedra y del cual jamás se separaba.

Iba desnudo, o casi desnudo, excepto algunas pieles de animal, y su cuerpo estaba cubierto de pelo, tan abundante sobre todo en los hombros y en el pecho, que más parecía una piel. Caminaba con el tronco encorvado y las piernas flexionadas. Incluso algunas veces se apoyaba en las manos para andar.

Otras veces, el hombre velludo dormía cerca del fuego. Más allá de éste, *Buck* divisaba a veces las brasas de los ojos de los animales carniceros de la noche, que esperaban su turno. Y soñando con esto, *Buck* gruñía dormido y el pelo se le erizaba. Al despertarse, lanzaba un aullido hacia la Luna, mientras los demás perros le hacían coro.

Luego, el mestizo que oficiaba de cocinero le llamaba, y todo retornaba a ser cotidiano. *Buck* bostezaba y se ponía en pie.

El viaje fue pesado y la carga les agotó. Cuando llegaron a Dawson habían enflaquecido y hubieran necesitado por lo menos una semana o diez días de descanso, pero solamente dos días después bajaban ya de nuevo la cuesta del Yukón, cargados de correspondencia para el extranjero. Los perros estaban exhaustos y los hombres juraban rabiosamente.

Para empeorar, nevó todos los días. Eso hacía a la senda poco consistente, los patines se adherían mal y los perros tenían que trabajar más. No obstante, los conductores se portaron bien con los animales, no abrumándoles con jornadas demasiado agotadoras.

Todas las noches, los perros eran los primeros atendidos, y comían incluso antes de que lo hicieran los conductores, y ninguno de ellos se acostaba sin mirarles antes las patas a sus animales. Pero aun así, éstos perdían fuerzas. Desde el principio del invierno, habían recorrido mil ochocientas millas, arrastrando trineos, y eso acabaría con la resistencia del más fuerte.

Buck se contaba entre éstos. Resistió, y al mismo tiempo obligó a sus animales a cumplir su tarea, manteniendo entre ellos la disciplina. *Billy* gritaba y gemía en sueños todas las noches. *Joe* estaba más hosco y levantisco que nunca, y *Sol-leks* acometía incluso al que se le acercaba por el lado del ojo sano.

De todos ellos, empero, el que más sufrió fue *Dave*. Algo debía ocurrirle, porque se volvió más arisco e irritable, y no bien acampaban, se arrastraba a su nido de nieve y había que llevarle allí la comida. Tan pronto como le quitaban los arreos, se acostaba y no se incorporaba hasta la mañana siguiente.

A menudo, cuando durante la marcha el trineo se detenía muy bruscamente, gemía dolorido y lastimeramente. El conductor, en vano, lo examinó sin encontrarle nada fuera de lo normal. Habló de ello con los demás a la hora de comer, mientras fumaban su pipa, y cierta noche celebraron una consulta.

Dave fue conducido hasta al lado del fuego y le palparon y apretaron hasta que se quejó dolorido. No fue posible encontrarle huesos rotos ni saber qué mal le aquejaba.

Su debilidad era cada vez más grande. Poco antes de llegar a Cassiar Bar se desplomó varias veces al suelo, durante la marcha. El mestizo escocés lo separó de la traílla y lo reemplazó por *Sol-leks*. Quería que el perro tomara un descanso y corriera libremente tras del trineo, pero *Dave* se enfadó al ser apartado. Mientras le quitaban la traílla aullaba y gruñía y luego gimió al ver a *Sol-leks* en su puesto. Aunque enfermo de muerte, no quería ver a otro perro haciendo su trabajo.

Cuando el trineo echó a andar, corrió, tambaleándose sobre la nieve blanda del borde de la senda, y comenzó a molestar a *Sol-leks*, mordisqueándole y tratando de apartarle. Incluso llegó a meterse entre las riendas, en su afán de colarse en su antiguo sitio. Mientras, no dejaba de aullar y gemir desconsolado.

El escocés trató de apartarlo con el látigo, pero *Dave* no prestó siquiera atención a la quemadura del arma, y el hombre no tuvo el coraje de castigarle con el garrote.

Comprendía demasiado bien lo que quería el perro.

Por último, éste se desplomó rendido y permaneció ya en el mismo lugar en que había caído, aullando desgarradoramente, mientras el convoy pasaba junto a él. Con el resto de las fuerzas que aún le quedaban intentó avanzar a rastras, hasta que el convoy se detuvo. *Dave* se acercó a su trineo y al lugar que ocupaba *Sol-leks*. El conductor se había detenido para encender su pipa. Habló unos instantes con otro de los conductores y cuando volvió a su trineo, vio cómo los perros echaban a andar con extraordinaria facilidad.

Desconcertado, miró lo que había ocurrido y llamó a sus compañeros, para mostrarles lo que había sucedido: *Dave* había cortado con los dientes las riendas de *Sol-leks* y había vuelto a ocupar su puesto.

Con la mirada imploraba que le dejaran ocupar su lugar. El conductor, perplejo, no sabía qué hacer. Sus camaradas comentaban con extrañeza el hecho de que un perro moribundo fuera más feliz arrastrando la carga que liberado de ella, que le estaba matando. Alguno recordó antiguas historias de perros que habían muerto al ser separados de su lugar en la traílla.

—Déjalo que muera feliz al menos —dijo uno de ellos—. Él lo quiere así. De todos modos va a morir.

Le pusieron otra vez los arneses, y *Dave*, orgullosamente, tiró del trineo como antes, aunque de cuando en cuando no podía reprimir un quejido de dolor. Se desplomó varias veces y fue arrastrado por el resto del equipo, e incluso en una de estas ocasiones el trineo le pasó por encima.

Dave quedó cojo de una de las patas, pero se mantuvo en pie hasta la hora de acampar. Su conductor le hizo un sitio a su lado, junto al fuego, y por la mañana vio que estaba demasiado débil como para marchar, pese a que al ver atraillar el equipo se arrastró hacia su puesto. Caminaba a sacudidas, con el trasero bajo. Las fuerzas le abandonaban visiblemente. Sus compañeros lo miraron con curiosidad y cuando el trineo se perdió de vista, aún le oían gemir y lloriquear desconsolado.

El convoy se detuvo.

El mestizo escocés regresó lentamente hacia el lugar en que había dejado al perro. Se oyó un disparo de revólver y el hombre regresó tan lentamente como había ido. Restallaron los látigos, tintinearon los cascabeles y los trineos se deslizaron rápidamente por la senda.

Buck sabía, y los demás perros también, qué es lo que había sucedido detrás de ellos. Se había cumplido la ley del Norte: el débil debe morir para no ser un estorbo. Es una ley que todos acatan.

Capítulo VI

Treinta días después de haber salido de Dawson, el correo de Salt Water llegó a Skagway con *Buck* y sus compañeros al frente.

Su estado era desastroso: rendidos y exhaustos, con el pelo apelmazado y delgados como fantasmas. Los setenta y cinco kilogramos de *Buck* se habían convertido en cincuenta y cinco, y sus perros habían perdido, en proporción, más peso aún que él.

Pike, por ejemplo, que muchas veces había simulado estar cojo para no cargar, ahora cojeaba de verdad. *Solleks* arrastraba también una pata y *Dub* tenía un hombro dislocado.

Sus patas estaban terriblemente malheridas. Habían perdido agilidad y elasticidad y caían pesadamente sobre el camino haciéndoles estremecer y centuplicando el peso de la carga y el cansancio diario.

No les ocurría en realidad nada que no tuviera arreglo, pero estaban agotados y necesitaban un descanso. Era el agotamiento de muchos meses de trabajo excesivo. Cada músculo de su cuerpo estaba mortalmente cansado: en menos de cinco meses habían recorrido dos mil quinientas millas, y en las últimas ochocientas no habían llegado a tener siquiera cinco días de descanso.

En las pendientes, el peligro se acentuaba: no les quedaban fuerzas para sostener el peso del trineo y éste podía irse hacia adelante, rompiéndoles las patas o aplastándolos.

—¡Ánimo, amigos! —decía el conductor al enfilar la calle de Skagway—. Estamos llegando y podréis descansar. Vamos, un último esfuerzo, amigos. ¡Descansaremos!

En eso confiaban ellos también. Habían hecho un viaje de mil doscientas millas y merecían un cierto período de descanso. Pero eran tantos los hombres que habían llegado al Klondike, y tantas las novias, las esposas, los hermanos y las madres que esperaban noticias de ellos, que la correspondencia resultaba verdaderamente de un volumen aterrador.

Había además órdenes oficiales. Nuevas tandas de perros reemplazarían a los que no estaban en condiciones de seguir adelante, y ya que no iban a poder seguir, habría que venderlos por lo que les dieran.

Pasaron tres días, durante los cuales *Buck* y sus compañeros pudieron comprender hasta qué punto estaban agotados. A la mañana del cuarto día apareció un hombre, seguido de otro, ambos procedentes de los Estados Unidos, y compraron todo el equipo, incluidos los arneses. Y los compraron por muy poco dinero, por unos dólares tan sólo.

Se llamaban Hal y Charles. Éste era un hombre de mediana edad, de piel blanca, ojos líquidos y bigote largo y torcido hacia arriba. Hal era un joven de unos veinte años, con un revólver Colt al costado y un cuchillo de monte en la cintura. Una canana llena de balas completaba su atavío. Aquella canana era lo más llamativo de él.

Inmediatamente todo el mundo que los vio comprendió que estaban fuera de su ambiente, aunque ignoraban por qué razón aquellos hombres se habían dirigido al Gran Norte.

Buck contempló el regateo y vio cómo el dinero cambiaba de mano. Comprendió que el mestizo escocés y sus compañeros iban a alejarse de él, igual que se habían alejado François y Perrault. Aquello parecía ser una ley de los hombres, de los amos. Vivir con uno unas jornadas, unos meses y cambiar.

Fue conducido con sus compañeros al campamento de sus nuevos propietarios. Allí había un gran desorden y suciedad. La tienda estaba armada sólo a medias y los platos no se habían lavado. Y vio también una mujer, a la que los amos llamaban Mercedes. Era la mujer de Charles y hermana de Hal.

Buck los observó atentamente mientras desmontaban la tienda y cargaban el trineo. Ponían mucha voluntad en ello, pero se veía claramente que no estaban acostumbrados.

Al enrollar la tienda la dejaron hecha un bulto tres veces más grande de lo necesario y guardaron los platos sin haberlos lavado. Mercedes se ponía continuamente en el camino de los hombres y no cesaba de rezongar consejos y reproches.

Cuando ellos colocaron un envoltorio de ropas en la parte anterior del trineo, les pidió que lo colocaran detrás, y una vez que la obedecieron lo cubrieron con otros bultos. Sólo entonces Mercedes vio que en ese bulto iban ciertas cosas absolutamente necesarias y hubo que volver a descargarlo todo.

Tres hombres de una tienda que había junto a la de Charles y Hal se habían acercado y comentaban jocosamente la situación, sonreían y se guiñaban el ojo.

—Llevan un buen peso —dijo uno de ellos—. Yo no he de decirles lo que deben hacer, pero yo en su lugar no cargaría la tienda.

—¡No diga tonterías! —gritó Mercedes—. ¿Cómo íbamos a arreglárnoslas sin la tienda?

—Estamos ya en primavera y no hará ya mucho frío —respondió el hombre.

Mercedes movió la cabeza y sus compañeros colocaron los últimos bultos en el trineo. Éste parecía una montaña.

—¿Creen ustedes que eso andará? —preguntó uno de los curiosos.

—¿Por qué no? —preguntó Charles enfurecido.

—Está bien, ustedes lo quieren. Se me ocurrió preguntarlo, eso es todo. Sólo me parecía demasiada carga.

Charles no le hizo caso. Ciñó las correas lo mejor que pudo, que no era mucho.

—¿Y piensan que los perros van a llevar todo el día esa carga a rastras? —preguntó otro.

—Por supuesto que sí —respondió Hal fríamente, mientras agarraba el látigo con una mano y las riendas con la otra—. ¡Arre!

Los perros dieron un salto y tiraron de las riendas. Sólo fue un instante. Luego dejaron de esforzarse. No podían mover el trineo.

—¡Bestias malditas, yo os enseñaré! —gritó Hal y levantó el látigo para castigar a los perros.

Mercedes se interpuso:

—¡No hagas eso, Hal! ¡Pobrecillos! Prométeme que no los tratarás mal o de lo contrario no continuaré el viaje.

—¡Pero si tú no sabes nada de perros! —declaró su hermano—. Déjame en paz, que yo sí sé cómo tratarlos. Hay que apalearlos para conseguir algo de ellos. Pregúntaselo a cualquiera y ya verás cómo tengo razón.

Mercedes los miraba suplicante. Un gesto de dolor crispaba su hermoso rostro.

—Si le interesa saberlo, están muy débiles —dijo uno de los mirones—. Están agotados, eso es lo que les pasa. Necesitan un buen descanso.

—¡Al diablo con los descansos! —chilló Hal.

Mercedes pareció escandalizada por aquella manera de hablar. No obstante, el instinto familiar se impuso en ella.

—Déjales que hablen lo que quieran —dijo a su hermano—. Tú eres quien conduce. Puedes hacerlo como sepas y como quieras.

Una vez más, el látigo cayó sobre los animales, que tiraron de las riendas, hundiendo las patas en la nieve, pero el trineo parecía anclado al suelo. No se movió.

Tras otros dos intentos, cesaron de luchar, y el látigo volvió a golpearles salvajemente. Mercedes intervino de nuevo, con los ojos llenos de lágrimas, y cayó delante de *Buck*, de rodillas. Le rodeó el cuello con los brazos.

¡Pobrecillos míos! —dijo—. ¿Por qué no tiráis con más fuerza? Vamos, hacedlo para que no os castiguen...

Buck no quiso rechazarla, aunque la mujer no le gustaba. Tomó aquello como una de las tareas del día, como una de las faenas que desde ahora le tocaría hacer. Pero le parecía que ninguno de aquellos tipos sabía lo que quería.

Uno de los curiosos, que había estado apretando los labios para no hablar, finalmente no se pudo contener:

—No es asunto mío lo que a ustedes concierne, pero les advertiré una cosa: Por el bien de los perros, deberían desprender el trineo. Los patines están pegados a la nieve. Si empujan de lado a lado la vara de dirección, podrán ver que es cierto lo que les digo.

Hicieron un último intento, pero esta vez siguiendo las indicaciones del mirón. Hal logró desprender los patines, que se habían adherido a la nieve, y el sobrecargado vehículo echó a andar, mientras *Buck* y sus compañeros tiraban con fuerza bajo una lluvia de latigazos.

Cien yardas más allá el camino describía una curva y desembocaba en la calle principal. Un hombre de experiencia hubiera podido mantener el tiro en equilibrio, pero Hal no lo era.

Al enfilar la curva, el trineo volcó y la mitad de la carga rodó entre las riendas. Los perros no se detuvieron y, aunque tendido, el trineo siguió tras de ellos, deslizándose. El castigo les había exasperado, y también la carga, que juzgaban excesiva.

Hal gritaba sus «¡So, so!» inútilmente. Luego, tratando de correr tras de ellos, tropezó y cayó. El trineo le pasó por encima y los perros embocaron la calle principal, sembrando lo que quedaba de carga por todas partes y regocijando a los que contemplaban la escena.

Algunos de ellos detuvieron a los perros y recogieron los bártulos, sin dejar de dar consejos, por supuesto: la mitad de la carga, solamente, y el doble de perros, si es que querían llegar a Dawson. De lo contrario, no llegarían jamás.

Hal, su hermana y su cuñado les escucharon de mal humor, pero acabaron por quitar la tienda y comenzaron a ver cuáles de los pertrechos les eran absolutamente necesarios y cuáles no. Hasta la vista de alimentos envasados hizo crecer la hilaridad de los mirones. Todo el mundo sabe que en aquellas latitudes las conservas no sirven para nada como no sea para añadir peso.

—Traen ustedes tantas mantas como si fueran a poner un hotel —observó uno de ellos—. Con sólo la mitad tendrían suficiente.

—Dejen la tienda y los platos —dijo otro—. ¿Quién los va a lavar?

—Pero, ¿qué se han creído, que van a viajar en coche cama? —preguntó un tercero.

Prosiguieron la eliminación de lo superfluo. Mercedes lloró al ver sus maletas arrojadas al suelo y cómo sus prendas eran desechadas. Suplicó, se puso de rodillas, transida de dolor, y juró que no daría ni un paso más si la dejaban medio desnuda.

Por último no tuvo más remedio que transigir y ella misma eligió las prendas que debían quedarse. Pero se vengó quitándoles a los hombres parte de las suyas.

Aun reducido a la mitad, el equipaje todavía era formidable, una verdadera mole. Charles y Hal compraron seis perros más y los incorporaron al tiro, que con *Teek* y *Koona*, los *huskies* incorporados en Rink Rapids por Perrault, formaron un conjunto de catorce.

Los perros nuevos, sin embargo, pese a estar ya adiestrados, no valían para gran cosa. Dos eran sabuesos, otro un terranova y los dos restantes mestizos indefinidos. Parecían no saber nada, ni lo que tenían que hacer siquiera, y *Buck* y sus compañeros les miraban con disgusto. *Buck* les enseñó en seguida los lugares que debían ocupar, y qué era lo que les estaba prohibido hacer, pero no pudo enseñarles lo que *debían* hacer. A excepción de los dos mestizos, se hallaban desconcertados por el ambiente hostil y salvaje entorno en el que se hallaban ahora, y por el trato recibido. Los demás carecían por completo de vitalidad y daban la impresión de un montón de huesos movidos por resortes.

Con el viejo equipo completamente exhausto y con los inútiles recién llegados, el panorama para los viajeros no parecía nada brillante. Aun así, los dos hombres parecían contentos e incluso orgullosos.

Se disponían a hacer frente a lo que nadie había hecho antes: utilizar catorce perros. Habían visto otros trineos que partían hacia Dawson o llegaban a Dawson, pero nunca habían visto un trineo con tanto número de perros. En realidad, habían resuelto el viaje con lápiz y papel: tanto por perro, tantos perros, por tantos días, igual a tanto. Eso era todo lo que sabían. Mercedes, atisbando por encima de los hombros de sus compañeros, asentía: ¡todo era simple y perfecto!

Muy entrada la mañana, *Buck* condujo al equipo calle arriba. La marcha carecía por completo de vivacidad, ni asomos de gallardía en la andadura, tanto en el líder como en sus compañeros: emprendían el viaje completamente agotados.

Buck había cubierto cuatro veces ya la distancia entre Salt Water y Dawson, y la certeza de que, cansado y abatido, enfrentaba la travesía una vez más, le tenía amargado, si podemos hablar así refiriéndonos a un perro. No podía entregarse al trabajo por completo, y por tanto tampoco los otros, a los que él debía dirigir. Los nuevos perros eran tímidos y miedosos, y los veteranos desconfiaban de sus amos.

Buck se daba cuenta, instintivamente, de que depender de aquellos hombres y de la mujer no era bueno.

Veía que no sabían hacer nada, lo presentía, y al correr de los días se afirmó en lo que su instinto le advirtiera.

Eran descuidados, y carecían de orden y de disciplina. La mitad de la noche se les iba en alzar el campamento de una manera deficiente y la mitad de la mañana en levantarlo de nuevo. Hubo días en que solamente hicieron diez millas, y otros en los que no fueron capaces de emprender la marcha siquiera.

Y en ninguna jornada, por supuesto, lograron cubrir más de la mitad de la distancia que habían tomado como base al calcular la comida de los perros.

Inevitablemente, por tanto, habría de faltarles alimento para el tiro. Y ellos mismos precipitaron esa situación al sobrealimentar a los animales, y adelantaron así el momento en el cual comenzarían a pasar hambre.

Los perros nuevos, extranjeros cuyas digestiones no estaban acostumbradas al hambre crónico, tenían un apetito voraz. Y como por añadidura los perros esquimales tiraban débilmente de la traílla, Hal creyó que la ración era escasa y la dobló.

Para rematar el asunto, cuando ni con lágrimas en los bellos ojos, Mercedes pudo convencerle de que les diera más ración aún, comenzó a alimentarles a escondidas, saqueando la reserva de provisiones.

No se daban cuenta de que lo que *Buck* y sus compañeros necesitaban no era más comida, sino descanso. La pesada carga que tenían que arrastrar minaba aún más las ya escasas fuerzas de todos ellos.

Llegó pronto, por tanto, el tiempo de las privaciones. Cierta mañana Hal se levantó para encontrarse con que la mitad del alimento para los perros había desaparecido, y que sin embargo sólo habían cubierto la cuarta parte

del viaje. Ni con dinero podía conseguir un reabasteci-
miento complementario. Por tanto, acortó la ración habitual y trató de alargar la etapa diaria.

Su hermana y su cuñado estuvieron de acuerdo, pero
la incompetencia de todos ellos y lo pesado de la carga
frustraron sus esfuerzos. Resultaba fácil darles menos comida a los perros, pero era imposible obligarles a cubrir
distancias mayores mientras sus amos, incapaces de emprender la marcha más temprano, no lograran así viajar
más horas. No solamente no sabían tratar a los perros,
sino que ni siquiera sabían qué hacer con ellos mismos.

El primero en caer fue *Dub*.

Pobre y atontado ladronzuelo, al que siempre sorprendían y castigaban, había sido sin embargo un buen
trabajador. Como tenía un hombro dislocado, que nadie
había curado, fue yendo de mal en peor hasta que finalmente Hal se vio obligado a pegarle un tiro con su pre-
suntuoso revólver.

En las regiones boreales, suele decirse que un perro
extranjero muere de hambre con la ración de un perro
esquimal. Esto se cumplió en esta expedición. Los seis perros forasteros, no habituados, tenían que morirse y mu-
rieron. El terranova fue el primero en caer, y le siguieron los
tres sabuesos de pelo corto. Los dos mestizos se aferraron
un poco más a la vida, pero terminaron por morir también.

Para entonces, toda la aparente bondad y la educación meridionales, habían desaparecido de los tres humanos. La travesía del Ártico había sido ya despojada para
ellos de su novelesco atractivo, para convertirse en una
realidad angustiosa y durísima.

Mercedes dejó de preocuparse de los perros y de com-
padecerse de ellos, demasiado ocupada en discutir con su

marido y reñir con su hermano. Jamás se cansaban de pelear. La irritabilidad de cada uno se acrecentaba.

Los hombres son capaces de adquirir una maravillosa paciencia en las rutas árticas una vez que se han acostumbrado a ellas, pero ellos no llegaron a adquirirla. Eran torpes, desmañados, y se hallaban irritados y doloridos. Sus músculos protestaban, los huesos les mortificaban, el corazón se les agotaba: por tanto, se trataban entre sí con violencia y se agraviaban unos a otros de la mañana a la noche.

Charles y Hal discutían por la más nimia de las causas. Tanto el uno como el otro creían que cada uno de ellos trabajaba más que su cuñado, y no dejaban de manifestarlo así, con cualquier motivo. Mercedes se ponía algunas veces de parte de su marido y otras de parte de su hermano. El resultado era pues una interminable riña de familia.

Un ejemplo: bastaba con tratar de decidir a quién le tocaba cortar la leña para el fuego (cosas que sólo correspondían a los hombres), y al instante salían a relucir viejas rencillas en las que se hacía entrar a padres, madres e incluso a los abuelos, que ya habían muerto o que se encontraban a miles de millas.

¿Qué podían tener que ver las aptitudes literarias o artísticas de la familia de Hal o de este mismo con el corte de leña para alimentar el fuego? Nadie lo sabía bien, pero sin embargo dichas aptitudes servían para aumentar la riña. Lo mismo se podía decir de la lengua viperina que al parecer poseía la hermana de Charles, pero sí servía para que Mercedes diera su opinión sobre el particular, aunque nada tuviera que ver con el hecho de buscar unas miserables astillas.

Mientras tanto, el fuego no se encendía, o tardaba en hacerlo, el campamento estaba a medio armar y los perros hambrientos y sin comer.

Mercedes se sentía ofendida e incluso engañada. Siendo una mujer hermosa, había sido siempre tratada cortésmente, pero el trato que ahora le daban su marido y su hermano podía llamarse de cualquier manera menos cortés.

Por tanto, se comportaba siempre como si se hallase desamparada, pero sin perjuicios de recurrir a argucias e insultos femeninos para hacerles la vida imposible a los ofensores.

Por otra parte, si bien como decimos era bonita y delicada, y sólo pesaba cincuenta y cinco kilogramos, muy poco si tenemos en cuenta la carga que el trineo llevaba, viajó subida en él, hasta que los perros se desplomaron, hambrientos y debilitados. Charles y Hal le pidieron que caminara, como ellos, lo que la hizo llorar y clamar al cielo su indefensión y la crueldad del trato que recibía.

En cierta ocasión hubieron de sacarla del trineo a la fuerza: no volvieron a intentarlo, porque Mercedes aflojó las piernas y se desplomó en la senda, y no se movió pese a que los otros siguieron caminando. Tras recorrer tres millas, los hombres descargaron el trineo, volvieron a buscarla y también por la fuerza volvieron a montarla en el vehículo.

Absortos en sus desdichas, apenas prestaban atención al sufrimiento de los animales. Hal opinaba que todos debían endurecerse, sobre todo los demás. Como su hermana y su cuñado no lo hacían, volvió su atención a los perros y trató de inculcarles su teoría a fuerza de latigazos.

Capítulo VII

Al llegar al Cinco Dedos, la comida para los perros se había agotado. Una vieja india les ofreció unas cuantas libras de tasajo a cambio del magnífico revólver Colt que lucía en el cinturón de Hal, pero aquel tasajo resultó muy pobre sustituto del alimento, pues no consistía en otra cosa que unas resecas lonchas de piel arrancada a animales muertos de hambre hacía ya muchos meses.

Estaba congelado y resultaba más duro que flejes de hierro. Cuando estaba ya en el estómago de los perros, se convertía en delgadas tiras de cuero cerdoso, de ningún valor alimenticio, y sí en cambio peligrosas para ellos.

Y en medio de todos estos desastres, *Buck* continuaba tambaleándose al frente del equipo.

Tiraba cuanto podía, y cuando ya no podía literalmente más se desplomaba en el suelo y permanecía tendido en él hasta que los golpes o los latigazos le obligaban a ponerse nuevamente en pie. El hermoso brillo de su pelaje hacía mucho tiempo que había desaparecido, y sus pelos estaban pegoteados de lodo y de sangre seca que había manado de las heridas y allí se había helado.

Sus músculos eran simples cuerdas nudosas y casi toda la carne había desaparecido, de tal manera que se podían ver casi las costillas a través de la piel, la cual pendía en jirones fláccidos.

Daba pena verlo, pero aún se mantenía una cosa en él: su espíritu irreductible.

Algo parecido ocurría con sus compañeros: sólo eran esqueletos ambulantes. No quedaban por el momento más que siete perros, y los padecimientos les habían tornado insensibles al mordisco del látigo y a los golpes de garrote. El dolor de los golpes les llegaba de lejos, confuso y remoto, casi como si no fuera con ellos. Estaban simplemente semivivos, bolsas de huesos en las que la vida apenas era una chispa pronta a apagarse.

Cuando se hacía alto, se dejaban caer en la senda, parecían muertos. Esa débil chispa semejaba apagarse, y sólo se reavivaba ligeramente cuando el látigo volvía a caer sobre ellos. Tambaleándose, se ponían en pie y continuaban su marcha alucinante.

Llegó el día en que el bondadoso *Billy* se desplomó y no pudo levantarse. Hal, sin revólver ya, tomó el hacha y descargó un golpe sobre la cabeza del animal. Luego desenganchó el cadáver y lo dejó a un lado del camino.

Buck lo observó, lo mismo que sus compañeros, y comprendieron oscuramente que la misma suerte les estaba reservada a todos. Al día siguiente cayó *Koona*. Quedaban cinco, pero *Joe* estaba tan debilitado que ya ni maligno podía ser. *Pike*, cojo y mutilado, ni siquiera haraganeaba. *Sol-leks*, el tuerto, fiel aún a la ley de la senda, se acongojaba porque no podía ya casi cumplir con ella. *Teek*, que no había viajado mucho ese invierno, recibía más castigo que los demás, y *Buck*, siempre al frente del equipo, apenas se afanaba ya por mantener la disciplina, estaba casi ciego de debilidad y la mitad del tiempo de las marchas se mantenía en la senda sólo por el apagado reflejo de sus patas al tocar el hielo.

Hacía un tiempo hermoso, primaveral, pero ni hombres ni perros lo advertían. El sol salía cada mañana más temprano y se ponía más tarde. Hacia las tres de la mañana amanecía y el crepúsculo duraba hasta las nueve de la noche.

El día entero era una hermosa hoguera. El fantasmal silencio del invierno había dado paso al murmullo primaveral, que produce el despertar de la vida.

Ese murmullo partía de la tierra, de las cosas, que revivían otra vez, de todo aquello que había permanecido muerto o aletargado durante los largos meses de frío.

La savia trepaba por los pinos, los robles y álamos estallaban en brotes y los arbustos se cubrían poco a poco de un verdor tierno.

Por la noche cantaban los grillos y durante el día numerosas especies de animales reptaban por la nieve en busca del sol. Perdices y pájaros carpinteros cantaban en el bosque, chillaban las ardillas, gorjeaban los pájaros y grandes bandadas de patos silvestres, que venían desde el lejano Sur, cubrían el cielo y rasgaban el aire con sus graznidos.

En las torrenteras rugía el agua, y murmuraba en los arroyos. Todo se deshelaba y palpitaba. El Yukón, el padre de los ríos, pugnaba por librarse de su pesada corteza de hielo, atacándolo desde dentro, mientras el sol lo derretía por fuera.

Se formaban agujeros, se abrían fisuras y grietas, y el río deshacía los témpanos más delgados y, en medio de todo aquel rebrotar de vida, hombres y perros avanzaban vacilantes, apenas vivos.

Los perros desfallecían. Mercedes, pese a ir sentada en el trineo, lloraba incesantemente, Hal maldecía y

Charles se entregaba a arrebatos de desesperación, cuando llegaron al campamento de John Thornton, en la desembocadura del White River.

Apenas se detuvieron, los animales se desplomaron como si les hubieran herido de muerte. Mercedes se enjugó los ojos y lanzó una mirada a John Thornton, mientras su marido se sentaba en un tronco a descansar: los huesos parecían habérsele soldado.

Fue Hal quien tomó la palabra. John Thornton estaba dándole los últimos toques a un mango de hacha y escuchó sin dejar de trabajar, respondiendo sólo con monosílabos.

Por último, preguntado, dio su parecer. Conocía ya esta clase de gente y habló con la certeza de que, dijera lo que dijera, apenas le iban a hacer caso.

Su primer consejo fue el de que no se arriesgasen sobre el hielo quebradizo.

—Allá arriba nos dijeron que deberíamos esperar, porque el sendero se estaba abriendo —dijo Hal—, y que no podríamos llegar aquí. Sin embargo, hemos llegado, como usted ve.

—Les dijeron nada más que la verdad —respondió Thornton—. La senda puede desmoronarse en cualquier momento. Sólo han tenido ustedes la suerte de los necios. Sepa una cosa: ni por todo el oro de Alaska me atrevería yo a arriesgar mi pellejo por ese camino. Sería arriesgar mi pellejo sabiendo que iba a perderlo.

—Bueno, usted no lo haría —respondió Hal—. De acuerdo, pero de todas maneras nosotros pensamos seguir hasta Dawson.

Y, sacudiendo el látigo, ordenó:

—¡Vamos, *Buck*, arriba, muévete! ¡Adelante!

Thornton siguió trabajando. Sabía perfectamente que resultaba completamente inútil interponerse entre un necio y el objeto de su necedad. Y por cierto, que dos o tres necios más muriesen, no representaba nada.

Pero los perros no obedecieron al mandato de Hal. Hacía ya tiempo que sólo las órdenes apoyadas en el látigo conseguían moverlos. Por tanto, el látigo cayó una y otra vez sobre los lomos de los animales.

John Thornton apretó los delgados labios al ver la escena. *Sol-leks* fue el primero en incorporarse, y *Joe* le siguió, aullando lastimeramente.

Pike trató valientemente de mantenerse sobre sus patas, pero dos veces se cayó de nuevo. *Buck*, en cambio, ni se movió del lugar en que se encontraba. Los latigazos le alcanzaron repetidamente, pero continuó inmóvil.

Thornton estuvo a punto varias veces de intervenir, pero logró contenerse. Comenzó a pasear de un lado a otro, conmovido por el castigo del animal.

Era la primera vez que *Buck* no obedecía. Hal, enfurecido, cambió el látigo por el garrote, pero ni eso logró mover a *Buck*. Lo mismo que sus compañeros, apenas podía moverse, pero además él había decidido no obedecer. Sabía oscuramente que le esperaba la muerte, que algo malo iba a ocurrir. Había tenido esa sensación cuando pasaron junto a la orilla del río, y desde entonces no le abandonaba el presentimiento o, por mejor decir, el instinto.

Esto se debía a que sabía haber pisado durante todo el día un hielo quebradizo que crujía bajo sus pies. Y sabía, intuía, que ese hielo se rompería en cualquier momento y él se encontraría caído en medio de un agua que lo asfixiaría.

Los golpes eran tan fuertes, que la pequeña chispa que aún anidaba en su ser, fue apagándose más y más. Ya no sentía ni el dolor de los garrotazos. Podía oír los golpes pero no los sentía, eso era todo.

Sin previo aviso, Thornton, lanzando un aullido, se abalanzó sobre Hal. Éste retrocedió tambaleándose, como si un árbol hubiese caído encima de él. Mercedes comenzó a chillar, y Charles alzó la vista, desconcertado, pero estaba también tan agotado que ni siquiera se puso en pie.

John Thornton se había colocado junto a *Buck*.

—Si vuelve usted a pegar a ese animal, le mato —dijo Thornton con voz sorda.

—¡El perro es mío! —respondió Hal limpiándose la sangre de la boca, donde había recibido un golpe de Thornton—. ¡Fuera de mi camino! Iré a Dawson y ese perro irá conmigo o lo mataré a golpes.

Pero Thornton no parecía tener intención de apartarse. Hal desenvainó su cuchillo de caza, mientras su hermana aullaba agudamente, presa de un ataque histérico.

Con el mango del hacha, Thornton golpeó a Hal en la mano, obligándole a soltar el cuchillo. Y cuando se agachó para recogerlo de nuevo, John le golpeó de nuevo.

Luego, con un rápido movimiento, Thornton cogió el cuchillo y cortó los arreos de *Buck*.

A Hal no le quedaban ya ganas de pelea. Trataba de sujetar a su hermana, que se debatía furiosamente, y por otra parte comprendía que *Buck* de poco le podía servir ya y que se encontraba a dos pasos de la muerte.

Así que poco después, en compañía de su hermana y de su cuñado, enfilaron hacia la helada superficie del río. *Buck* volvió la cabeza para verlos. *Pike* iba al frente, *Solleks* junto al trineo y *Joe* y *Teek* en medio. Todos ellos cojeaban y caminaban como borrachos. La mujer iba sentada en el trineo y Charles tropezaba continuamente tras del vehículo.

Mientras *Buck* los miraba, Thornton se inclinó sobre él y con sus rudas manos le palpó, buscando huesos rotos. No los había. Pronto comprendió que la actitud del animal se debía a la fatiga, a la falta de alimentos y a las magulladuras de los golpes.

De pronto, oyeron un ruido ante ellos. Ambos alzaron la cabeza. El trineo, que se deslizaba por la helada superficie del río, levantó de pronto su parte posterior como si hubiera chocado con algún obstáculo, y Hal dio una vuelta en el aire, sin soltar la vara de dirección.

Oyeron el grito de Mercedes, y vieron cómo Charles retrocedía. Luego, un gran bloque de hielo cedió, y perros y hombres desaparecieron. Sólo quedó un enorme boquete donde antes estaba la senda, que ahora ya había desaparecido.

John Thornton encontró los ojos de *Buck* fijos en los suyos.

—Eres un diablo afortunado —dijo el hombre. Y el perro le lamió la mano.

Capítulo VIII

En el mes de diciembre, a Thornton se le habían helado los pies. Sus socios, dejándole abastecido de todo cuanto pudiera necesitar, se habían ido a Dawson en busca de una balsa de troncos.

Thornton cojeaba aún ligeramente cuando sacó a *Buck* de entre las garras de Hal, pero al mejorar el tiempo la cojera desapareció, sin dejar el menor vestigio. Y tendido en las riberas del río en los hermosos días de primavera, contemplando el correr del agua y escuchando el canto de los pájaros, *Buck* fue recobrando la vitalidad primero y luego el vigor.

Era lógico. Lo necesitaba tras haber recorrido tres mil millas sin apenas descanso. Incluso mientras se cerraban sus heridas, se tornó algo perezoso y ganó peso. Los músculos se le fortalecían de nuevo. Pero tampoco tenía nada de particular. Allí haraganeaban todos.

Todos eran Thornton, *Skeet*, una perrita perdiguera irlandesa, que al instante se mostró amistosa con *Buck*; *Nig* era un enorme perrazo, también amistoso, aunque menos extremado, cruce de sabueso y galgo.

Pero *Skeet*, sobre todo, que parecía provista de un carácter de buena samaritana, fue la primera en entablar amistad con *Buck*. Cuando yacía herido y medio muerto, le lamía las heridas y se las limpiaba con su húmeda lengua. Todas las mañanas, tan pronto como terminaba su desayuno, acudía junto a su nuevo amigo y comenzaba su labor de enfermera.

Tanto, que *Buck*, si alguna vez faltaba, la buscaba anheloso con la vista hasta que volvía a verla. Para su sorpresa, ninguno de ambos perros se había mostrado celoso, y hasta mucho más tarde no comprendió, instintivamente, que ello se debía a la bondad de Thornton y a su generosidad. Los animales lo comprendían así y admitían sin reparos que el hombre prodigase sus cariños a otro, porque sabían que aún sobraría para ellos.

Tras de la recuperación y la convalecencia, llegó la época de los juegos, en los que el mismo Thornton participaba. Por primera vez desde hacía ya tanto tiempo que lo había olvidado, *Buck* volvió a conocer el amor. Incluso en Santa Clara no había habido esa entrega absoluta entre él y sus amos. Servía de compañero de vagabundeo a los hijos del juez y mantenía con éste una amistad un tanto lejana. Pero el amor, el verdadero amor por una persona, no lo conoció hasta que encontró a John Thornton.

El hombre le había salvado la vida, y lo comprendía, pero es que además era el amo, el auténtico amo al que se adora. Otros amos suyos, como Perrault y François habían provisto a su bienestar por obligación y por conveniencia: el perro tiraba del trineo y el hombre le alimentaba y le curaba las heridas.

John Thornton no. Él proveía a los suyos como si se tratara de sus propios hijos y lo hacía porque le salía de dentro, no porque esperase un pago por ello. Y llegaba más lejos aún: se sentaba cerca de ellos y *hablaba con ellos*. Los perros, sin entender el sentido de lo que decía, se limitaban a beber sus palabras y las esperaban.

Tenía una forma particularmente ruda de tomar entre sus manos la cabeza de *Buck*, a la que acercaba su propio rostro y, de sacudirla de un lado a otro, que llenaban de alegría el corazón del animal. Al mismo tiempo, le murmuraba al oído maldiciones o palabrotas, que sonaban a música para el animal, el cual se contentaba con el sonido de la voz.

Y cuando el hombre, cansado, lo soltaba, el animal se ponía en dos patas, gimoteando de placer y esperando más. John Thornton gritaba:

—¡A este bicho no le falta más que hablar!

Buck respondía a las caricias del hombre con otras que incluso podían llegar a ser dolorosas. Cogía entre sus dientes la mano de John y apretaba tanto que le dejaba en ella marcas, aunque sin hacer brotar la sangre. Pero acostumbrado a morder y desgarrar, le costaba trabajo dominar sus fuerzas. Y el hombre comprendía que aquello lo hacía por exceso de afecto, lo mismo que el perro sabía que sus juramentos y maldiciones eran una forma de cariño.

Pese a todo, por regla general, el amor de *Buck* se expresaba sólo en adoración. Aunque enloquecía de felicidad cuando Thornton le acariciaba o le hablaba, no buscaba las muestras de afecto. *Skeet* por ejemplo, metía su hociquito en la mano de John, y lamía hasta conseguir que la mimasen. *Nig* apoyaba su cabezota en las rodillas del amo y permanecía así horas enteras.

Buck, no. Permanecía también tiempo y tiempo a los pies de John, mirándole y estudiando cada una de sus expresiones, cada cambio de humor, o bien se colocaba a su lado o detrás para observar sus movimientos, sobre todo los de las manos. Se había establecido tal comunión entre ambos que la intensidad de la mirada de *Buck* obligaba a John a volver la cabeza y a devolverle la mirada.

A *Buck* no le gustaba perder de vista a Thornton. Tan pronto como éste salía de la tienda hasta que volvía a entrar, le seguía, pisándole los talones. Esto tenía una razón y esa razón era muy válida. Ya había visto muchas veces desaparecer a sus amos y pensaba que ninguno de ellos era permanente. Temía, pues, verlo desvanecerse, como se habían desvanecido Perrault, François y el mestizo escocés.

Aun durante la noche, la sospecha de quedarse sin John le atormentaba. Se despertaba y se arrastraba hasta la entrada de la tienda y desde allí escuchaba la respiración del amo.

No obstante el amor que profesaba a Thornton, el instinto atávico que había despertado en él en el Norte se mantenía alerta y vivo. Conservaba toda su astucia y ferocidad, pese a haber nacido en él el amor junto al fuego del hogar y al amparo de un amo cariñoso y fiel.

Era, en realidad, un producto de la selva el que había llegado para tenderse a los pies de Thornton, más que un perro del cálido Sur domesticado por siglos de civilización.

Su amor le impedía, por supuesto, huir de él, en tanto que en cualquier otro lugar, y con otro amo, no hubiera vacilado un instante en hacerlo, pues su instinto y su astucia le habrían salvado de ser atrapado de nuevo.

Tanto su faz como su cuerpo estaban marcados por numerosas cicatrices producidas por los dientes de muchos perros, y peleaba con la misma fiereza que siempre y hasta con mayor astucia.

Skeet y *Nig* eran demasiado pacientes y pacíficos como para pelear, y además pertenecían a John. En cambio, cualquier perro ajeno que se acercase, o admitía inmediatamente su superioridad o se veía arrastrado a una lucha a muerte.

Y *Buck* era despiadado.

Había aprendido bien la ley del garrote y el colmillo, y nunca desaprovechaba una ventaja por pequeña que fuese, ni cejaba ante un enemigo al que tuviera a su merced, hasta matarlo.

Sabía que no había transigencia posible. Perro vencido y que no se sometía, debía ser perro muerto, y los más bravos animales de la policía y del correo, lo mismo que *Spitz*, le habían enseñado a ello.

Debía dominar o ser dominado: la compasión era solamente debilidad y se confundía con el miedo. Cualquier error podía ser fatal. Matar o ser muerto, comer o ser comido, era la *Ley,* y ese mandato, que le llegaba desde lo más profundo de los siglos, era acatado por *Buck.*

Su experiencia superaba a sus años reales. Sentado junto a Thornton al lado del fuego, no era más que un perro de ancho pecho, blancos colmillos y largo pelo, pero tras de él estaban los espectros de lobos salvajes o perros apenas civilizados que comían su propio alimento, bebían el agua que él bebía, husmeaban el mismo aire que él respiraba, oían lo que él oía, y se tendían a dormir cuando lo hacía él mismo.

Esos espectros le reclamaban con voces fuertes. En las profundidades de la selva resonaba una llamada y a veces, al escucharla, se sentía obligado a dar la espalda al fuego y a precipitarse hacia el bosque, siempre hacia adelante, sin saber a dónde iba ni por qué.

No se preguntaba por ello. Sólo sabía seguir la llamada que resonaba imperativamente en las profundidades de la selva. Pero no bien alcanzada la tierra virgen y la umbría del bosque, la sombra de John Thornton lo arrastraba otra vez hacia el fuego y el hogar.

Porque sólo Thornton lo retenía. El resto de la humanidad nada representaba para él. Los viajeros que llegaban al campamento podían acariciarle: se mostraba indiferente, y si aquellas personas resultaban demasiado insistentes, se ponía en pie y se alejaba.

Cuando Hans y Pete, los socios de John, regresaron con la balsa, *Buck* no les prestó siquiera atención y les toleró pasivamente, aceptando sus halagos y caricias con indiferencia.

Ambos tenían la rudeza de Thornton, y como él vivían en contacto directo con la tierra; pensaban sencillamente en cosas sencillas y veían las cosas con claridad de criterio.

No habían terminado de amarrar la balsa al desembarcadero de Dawson cuando comprendían a *Buck* y sus costumbres, y no se les ocurrió siquiera intentar una intimidad como la que tenían con *Skeet* y *Nig*.

El amor de *Buck* por Thornton crecía más y más. Sólo él podía, en los viajes de verano, poner una carga sobre su lomo, para lo cual nada era demasiado pesado cuando su amo lo ordenaba.

Cierto día empleado en cavar y desbastar maderos para la balsa, con el fin de partir de Dawson con rumbo a las fuentes del Tanana, hombres y perros se hallaban sentados en la cresta de un acantilado que caía a pico sobre un lecho de roca desnuda, situado a unos trescientos pies de profundidad.

Thornton se había sentado casi al borde, y *Buck* junto a él. De pronto, acometió a Thornton una caprichosa idea. Se lo advirtió a sus dos socios antes de ponerla en práctica.

—¡Salta, *Buck*! —ordenó, señalando hacia el abismo.

Un segundo después se veía obligado a sujetar al perro al borde mismo del precipicio, mientras Hans y Pete los arrastraban a ambos fuera del peligro.

—Portentoso —dijo Pete una vez que estuvieron a salvo.

Thornton movió la peluda cabeza.

—No, simplemente es magnífico. Y terrible, por cierto. A veces... a veces incluso me da miedo.

—No me gustaría estar en el pellejo de alguien que quisiera ponerte las manos encima —sentenció Pete—, si *ése* está cerca.

—Yo tampoco —declaró Hans—. En la lucha debe ser terrible.

Antes de terminar el año, los temores de Pete se cumplieron.

Se hallaban en una taberna de Circle Bay. Un tipo pendenciero, al que apodaban «Negro» Burton, había estado provocando a un forastero, y Thornton se interpuso para evitar la pelea.

Buck, según su costumbre, se había tendido en un rincón, con la cabeza entre las patas y vigilando cada movimiento y cambio de humor de su amo.

Burton, enfurecido por el alcohol y por las ganas de pendencia, lanzó un puñetazo al rostro de Thornton, el cual se tambaleó y se sujetó a una mesa para evitar caer al suelo.

Según afirmaron después los testigos de la escena, se oyó algo que no era un ladrido ni un aullido, sino más bien una especie de rugido. Y con asombro vieron cómo el cuerpo de *Buck*, desde el suelo, se proyectaba en el aire directamente hacia el cuello de Burton.

Éste salvó la vida porque levantó instintivamente un brazo, pero cayó de espaldas, con *Buck* encima. El perro soltó el brazo en el que había clavado los colmillos y una vez más intentó alcanzar el cuello de su enemigo. Esta vez sí le desgarró el cuello y sólo el hecho de que una multitud de hombres se lanzara sobre el perro consiguió apartar a los combatientes.

Mientras un médico atendía la herida de Burton, *Buck* paseaba de un lado a otro, gruñendo ferozmente y tratando de volver al ataque y sólo retrocediendo ante la amenaza de varios garrotes.

Hubo un *consejo* de mineros que decidió que el perro había sido provocado y *Buck* quedó libre de culpa. Pero acababa de conquistar una reputación de feroz y de terrible que hizo que su nombre se difundiera por todos los campamentos de Alaska.

Capítulo IX

Algún tiempo después, ya entrado el otoño, *Buck* volvió a salvar la vida a su amo, pero las circunstancias fueron muy distintas esta vez.

Los tres socios conducían una larga y estrecha canoa de remos, por los rápidos del Forty Mile. Desde la orilla, Hans y Pete remolcaban la embarcación con una cuerda que sujetaban de árbol en árbol, mientras iban avanzando penosamente. Desde la canoa, Thornton facilitaba el descenso con una pértiga y gritaba sus instrucciones a sus compañeros.

Buck, en la orilla, se mantenía a la altura de la barca, preocupado y con los ojos fijos ansiosamente en su amo.

En un punto especialmente peligroso, allí donde asomaban las rocas puntiagudas y barridas por el agua, Hans aflojó ligeramente la tensión de la cuerda. Mientras que Thornton, con el remo, trataba de impulsar la canoa río adentro, corrió por la orilla, con el extremo de la cuerda en la mano, para acercar de nuevo la embarcación una vez superados los escollos.

Pero la canoa, una vez pasado el peligro de la roca semisumergida, echó a bogar aguas abajo tan velozmente que pareció por un instante que iba a escapar. Hans trató de frenarla con un tirón de la cuerda, pero lo hizo tan bruscamente que la canoa volcó sobre la orilla, mientras que John, despedido por el impulso, se veía arrastrado por la corriente hacia uno de los rápidos de los que ni un nadador experimentado podría salir con vida.

Buck se zambulló instantáneamente y, pese a la fuerza de la corriente, al cabo de nadar unos trescientos pies, alcanzó a su amo un poco antes de que llegase éste a los remolinos.

Thornton, dándose cuenta, se cogió a la cola del perro y éste se dirigió hacia la orilla, nadando con toda su magnífica fuerza. El avance era necesariamente lento, por la fuerza contraria del agua, y desde el abismo llegaba hasta ellos el ruido ensordecedor de la corriente al chocar con las rocas que la dividían como las púas de un peine gigantesco.

Thorhton comprendía que la empresa era poco menos que imposible. Desesperadamente trató de asirse a una de las rocas, pero se golpeó contra otra y rebotó contra una tercera. Soltó a *Buck* para aferrarse a la resbaladiza superficie de la piedra y sobre el fragor de la corriente, gritó:

—¡A la orilla, *Buck*! ¡A la orilla! ¡Vete a la orilla!

Buck apenas podía mantenerse a flote y, no obstante sus esfuerzos, fue arrastrado por la corriente. Al oír la voz de Thornton, alzó la cabeza y la mantuvo erguida unos instantes, y luego giró obedientemente hacia la orilla.

Nadó con todas sus fuerzas y Hans y Pete lo sacaron del río en el preciso momento en que comenzaba a perderlas ya.

Tanto Hans como su compañero sabían que un hombre agarrado a una roca en medio de la corriente sólo podía resistir unos minutos el embate de aquélla. Avanzaron

a la carrera por la orilla hasta un lugar situado un poco más allá del sitio en que Thornton se debatía.

Luego, con cuidado de no apretarla demasiado, ataron al cuello de *Buck* una cuerda y lo lanzaron al agua. *Buck* nadó resueltamente, pero equivocó el rumbo y descubrió su error demasiado tarde, al pasar arrastrado a unas doce brazas de donde se hallaba Thornton.

Como si *Buck* hubiera sido un bote, Hans tiró de la cuerda de *Buck*, y éste se sumergió y nadó sumergido hasta que volvió a la orilla. Cuando lo sacaron estaba casi asfixiado. Los dos compañeros se echaron sobre él para ayudarle a expulsar el agua que había tragado y hacerle recuperar el aliento.

Buck se incorporó pero volvió a caer. Hasta ellos llegó el débil sonido de la voz de Thornton, el cual se veía claramente que no podía resistir más. La voz de su amo produjo en *Buck* el efecto de una descarga eléctrica.

Se puso en pie de un salto y se acercó corriendo al lugar desde donde poco antes le habían arrojado al agua.

Le ciñeron de nuevo la cuerda y le echaron al río. Esta vez tomó decididamente la dirección correcta. No pensaba cometer el mismo error que la primera vez. Hans sostenía la cuerda, procurando mantenerla tensa, mientras Pete la iba desenrollando.

Buck nadó hasta alcanzar la altura de Thornton con la velocidad de una flecha. Thornton le vio acercarse y cuando *Buck* le embistió rodeó con ambos brazos el cuello del animal. Hans ató la cuerda al tronco de un árbol y *Buck* y Thornton, jadeantes, desapareciendo y apareciendo en la superficie, fueron poco a poco remolcados hacia la orilla.

John estaba casi ahogado. Lo tendieron boca abajo, apoyaron el vientre sobre su pecho y comenzaron a moverlo enérgicamente arriba y abajo, hasta que logró recuperarse.

Su primera mirada fue para *Buck*, sobre cuyo cuerpo, al parecer sin vida, aullaba *Nig* tristemente. Cuando lo examinaron, vieron que tenía tres costillas rotas.

—Acamparemos aquí —dijo Thornton.

Lo hicieron así y de allí no se movieron en tanto que *Buck* no se recuperó y estuvo en condiciones de reanudar la marcha.

Aquel invierno, en Dawson, *Buck* tuvo ocasión de llevar a cabo otra hazaña, no tan heroica si se quiere, pero que sí sirvió para que su nombre superara aún más la fama que ya le precedía.

Por cierto que dicha hazaña les fue particularmente provechosa a los tres socios, que carecían de los medios económicos para proveerse de equipos y no podían por tanto emprender el viaje que desde hacía mucho tiempo deseaban hacer hacia las inexploradas regiones orientales, en las que aún no se habían fijado ni aposentado los mineros.

Comenzó en la taberna de *El Dorado,* donde los bebedores solían hacer apuestas y alardear de los méritos de sus perros. Debido a su prestigio, *Buck* solía ser el punto de referencia de tales conversaciones.

Tras media hora de discusión, uno de los mineros aseguró que su perro podía arrancar un trineo y tirar de él, con una carga de doscientos kilos. Otro alardeó de que su perro podría hacer lo mismo con doscientos cincuenta kilos y un tercero llegó a hablar de una arrancada y empuje de un perro suyo con trescientos cincuenta kilos.

—Bueno —dijo Thornton—. *Buck* podría hacerlo con cuatrocientos cincuenta kilos.

—¿Y avanzar con el trineo cien yardas tras arrancar con él despegando los patines del suelo? —preguntó uno de los hombres, un hombre llamado Mattheson, conocido por su riqueza, y cuyo perro, según él, era el que podía hacer la hazaña de arrancar y tirar de un trineo cargado con trescientos cincuenta kilos.

—Podría hacerlo —respondió Thornton con firmeza.

—Bien —dijo Mattheson con voz deliberadamente alta para que pudieran oírle todos—. Aquí están mil dólares. Apuesto a que no puede hacerlo.

Por un instante no habló nadie. Si Thornton había fanfarroneado, era el momento de retirarse o emparejar la apuesta. John sintió un ligero desfallecimiento. Ignoraba si *Buck* sería o no capaz de hacerlo, y no había esperado una aceptación tan rápida de su fanfarronería.

Estaba simplemente aterrado. Tenía mucha confianza en las fuerzas de *Buck*, por supuesto, ya que a menudo le había visto arrastrar cargas pesadísimas, pero nunca había controlado el peso de éstas.

Había muchos ojos fijos ya en él. Por otra parte, no disponía de mil dólares, ni siquiera contando los que pudieran poner sus dos socios.

Mattheson prosiguió:

—Ahí fuera tengo un trineo cargado con veinte sacos de cincuenta libras de harina cada uno.

Y mirando fijamente a Thornton añadió con insolencia:

—Ya lo ve, usted no tiene que poner otra cosa que la aceptación de la apuesta. ¿Vale?

Thornton no respondió. Paseó la mirada por el círculo de ojos que le rodeaba. No sabía qué hacer. De pronto distinguió los ojos de O´Brien, un sujeto del que en otro tiempo había sido socio y compañero. Una idea se abrió paso en su cerebro.

—¿Puedes prestarme mil dólares? —preguntó en voz baja.

—Aquí están —respondió sencillamente el irlandés, colocando una bolsa ante su viejo amigo—. Pero no tengo confianza en que ese perro te haga ganar la apuesta.

Todos los bebedores del *El Dorado* salieron a la calle para ver la prueba. Vacías quedaron las mesas y los jugadores dejaron sus cartas. Con sus abrigos de piel y sus sombreros, desafiaron el frío y se apiñaron ante el trineo.

Éste, cargado con casi quinientos kilos de harina, había estado al raso durante algunas horas y con el intenso frío reinante, cerca de sesenta grados bajo cero, los patines se habían quedado adheridos a la nieve.

Hubo apuestas para todos los gustos, incluso doble contra sencillo de que *Buck* no sería capaz de mover siquiera el trineo. También discutieron sobre el significado de la palabra «despegarlo». Según O´Brien, le correspondía a Thornton desprender los patines, dejando a *Buck* solamente la tarea de arrancar con el trineo.

Mattheson, por el contrario, insistía en que había querido decir que el perro debía romper el hielo que sujetaba los patines al suelo. La mayor parte de los apostantes se pronunció a su favor. Las apuestas pues llegaron hasta tres a uno en contra de *Buck*.

Porque nadie creía que el perro fuera capaz de llevar a cabo la hazaña. Thornton se había visto obligado a aceptar la apuesta para poder pagar sus deudas, pero ahora que veía el trineo, y junto a él los diez perros del equipo, tendidos en la nieve, se le antojaba que había sido demasiado audaz al aceptarla.

Mattheson, por el contrario, se mostraba jubiloso.

—¡Tres contra uno! ¡Mil más en esa proporción! ¿Qué dice, Thornton?

La duda se reflejaba en el rostro de éste, pero su espíritu de lucha, ese espíritu que no admite lo imposible y que se vuelve sordo cuando la batalla comienza, se había despertado ya en él.

Llamó a Hans y a Pete, y cada uno de sus socios vació su bolsa. Entre los tres reunieron apenas doscientos dólares. Era todo el capital de que disponían, pero no vacilaron en apostarlos contra seiscientos de Mattheson.

Se desenganchó al resto del equipo, y *Buck*, con su propio arnés, fue unido al trineo.

El perro se había contagiado de la excitación general. Inconscientemente intuía que se le iba a pedir hacer algo a favor de su adorado amo. Su aspecto, espléndido, provocó murmullos de admiración. Estaba en perfecto estado físico, pues no tenía una sola onza de grasa, y sus setenta y cinco kilos lo eran de músculo y nervio. Su pelaje brillaba como la seda.

Aunque estaba inmóvil, el pelo del cuello y el del pecho se le erizaba a cada momento y se le estremecía al exterior. Su pecho ancho y sus robustas piernas armonizaban a la perfección con el resto del cuerpo, donde a través del pelaje se ponían de relieve los poderosos músculos.

Algunos le palparon estos músculos, y las apuestas comenzaron a bajar hasta volver a encontrarse en dos contra uno. Doble contra sencillo.

—Escuche, amigo —dijo uno de los nuevos ricos que había conseguido un hallazgo de oro hacía poco tiempo—. Le ofrezco ochocientos dólares por él. Antes de la prueba. Ochocientos tal como está.

Thornton movió negativamente la cabeza. Se acercó a *Buck*.

—Eh, debes mantenerte a distancia de él —protestó Mattheson—. Juego limpio y cancha libre.

La multitud guardó silencio. Sólo se oían las voces de los apostadores. Todo el mundo reconocía que *Buck* era un animal espléndido, pero veinte sacos con cincuenta libras de harina cada uno eran una carga muy pesada. Las apuestas, pues, siguieron en el mismo lugar: doble contra uno.

Thornton se arrodilló junto a *Buck*, tomó entre sus manos la cabeza del animal y la apretó contra su propia mejilla. Pero no la sacudió juguetonamente como solía hacer. Se limitó a murmurar:

—Demuéstrame que me quieres, *Buck*. ¡Demuéstramelo, viejo amigo!

Buck aulló con impaciencia y le lamió la cara.

La multitud observaba la escena. Les parecía contemplar algún rito misterioso, una especie de conjuración. Cuando por último Thornton se puso en pie, *Buck* tomó con la boca una de las enguatadas manos de su dueño, se la oprimió con sus dientes y la soltó con renuencia, al parecer. Era su respuesta. Thornton se apartó de él.

—¡Ahora, *Buck*! —dijo.

Buck tiró de las riendas, probando. Luego las aflojó unos centímetros. Así era como le habían enseñado a hacerlo.

—¡Arre, ahora! —gritó Thornton, rompiendo el pesado silencio.

Buck se inclinó a la derecha y terminó el movimiento con una sacudida que tensó las riendas y frenó secamente el impulso de sus setenta y cinco kilos. La carga se estremeció. En los patines se escuchó un crujido seco.

—¡Izquierda! —gritó Thornton.

Buck repitió la maniobra, esta vez hacia la izquierda. El crujido se convirtió en un chasquido, y el trineo vibró sobre su eje. Los patines se deslizaron varias pulgadas a un costado.

¡El trineo estaba despegado del suelo!

La gente contuvo la respiración. Thornton gritó:

—¡Arre, ahora!

La voz de Thornton resonó como un trallazo. *Buck* se lanzó hacia adelante, con el pecho y tirando de las riendas con una violenta acometida. Todo su cuerpo se contraía con el tremendo esfuerzo y, bajo el pelaje, sus patas se agitaban enloquecidas y las pezuñas abrían surcos en la nieve.

El trineo se balanceaba, parecía presto a arrancar, cuando de pronto *Buck* resbaló. Uno de los espectadores lanzó una maldición ahogada.

Luego, el trineo comenzó a deslizarse con una sucesión de sacudidas, aunque sin detenerse. Media pulgada, una pulgada... ¡dos pulgadas! Las sacudidas fueron cada vez menos bruscas, a medida que el trineo cobraba impulso y *Buck* atenuaba sus esfuerzos, los cuales cesaron cuando la marcha se hizo uniforme.

Los presentes soltaron el aliento, que habían contenido hasta entonces. Thornton corría tras el trineo, animando a su perro con palabras cariñosas. La distancia había sido convenida de antemano, y a medida que *Buck* se acercaba a la pila de troncos que señalaba el fin de las cien yardas, los vítores al bravo animal fueron creciendo hasta convertirse en un clamor unánime.

Incluso el mismo Mattheson dio suelta libre a su entusiasmo, y los sombreros y los guantes volaron por el aire. Los hombres, hasta los que habían perdido, se daban la mano.

Thornton se arrodilló junto a *Buck* y le sacudió la cabeza de un lado a otro. Los primeros en llegar le oyeron, extrañados, cómo insultaba a *Buck* con palabras obscenas, no sabían que esas palabras sonaban como campanas de gloria en el oído del animal.

—Escuche amigo —dijo el buscador de oro enriquecido—. Le ofrezco mil dólares contantes y sonantes por él. ¡Mil machacantes, amigo! ¡No es poco, no! Pero los doy.

Thornton se puso en pie. Sus ojos estaban húmedos.

—Amigo —dijo—. Puede irse al infierno. El perro no está en venta.

Buck asió con los dientes la mano de Thornton, y éste le sacudió la cabeza. Los espectadores, casi sin darse cuenta, volvieron la cabeza a otro lado. Era una escena que sólo pertenecía a sus dos protagonistas.

Capítulo X

Gracias a los esfuerzos de *Buck*, su amo ganó mil seiscientos dólares en cinco minutos. Con ello, Thornton y sus socios pudieron pagar algunas deudas y viajar hacia el este, en busca de un gran yacimiento, cuya historia era tan antigua como la región.

Eran muchos los que lo habían buscado, pero muy pocos los que lo habían encontrado y ninguno había regresado. El yacimiento se hallaba aureolado de tragedia y envuelto en misterios. Una antigua tradición sobre él hablaba de una vieja y ruinosa cabaña que algunos viajeros, medio muertos de hambre y frío, habían visto, con lo cual, si bien no demostraban que la existencia del yacimiento era cierta, al menos sí que habían llegado hasta tan lejos. Incluso alguno de ellos trajo unas palacras, unas pepitas de oro tan grandes como jamás se habían visto.

Pero nadie vivo había podido acceder a esa cabaña y los muertos eran muchos. Thornton, Pete y Hans, con *Buck* y otros seis perros, se dirigieron al este por una senda desconocida, en busca del éxito donde hombres tan buenos por lo menos como ellos sólo habían encontrado la muerte.

Recorrieron setenta millas Yukón arriba, y torcieron a la izquierda al llegar al río Stewart.

Cruzaron otros dos ríos y continuaron avanzando hasta que el Stewart se convirtió en un arroyo que atravesaba las escarpadas colinas.

Thornton era un hombre que pedía poco a los demás hombres y a la Naturaleza. No sentía temor alguno por la selva. Con un puñado de tocino y un rifle, era capaz de internarse por cualquier lugar desierto y permanecer y sobrevivir en él. Cazaba su comida diaria como los indios, sin apresuramientos, y si no conseguía caza, seguía adelante, lo mismo que los indios, con la absoluta certeza de que tarde o temprano la obtendría.

En este viaje, pues, la carne recién cazada era el único alimento, y las municiones y los arreos formaban la parte más importante de la impedimenta.

Para *Buck* era un auténtico gozo aquella marcha, pescando y vagabundeando interminablemente por lugares desconocidos. Durante semanas enteras acamparon en cualquier parte donde les sorprendía la noche, y mientras los perros holgazaneaban, los hombres hacían agujeros en el suelo y lavaban el fango de innumerables artesas. Algunas veces pasaban hambre, y otras comían hasta el hartazgo, según la suerte o la abundancia de la caza.

Llegó el verano. Los perros, los hombres, con los equipos a cuestas, cruzaron en balsas lagos de montaña y remontaron desconocidos ríos en canoas fabricadas por ellos mismos con troncos de árbol.

Los meses se sucedían uno a otro, y ellos seguían viajando por la inmensidad de aquella región casi desconocida, donde no encontraban otros hombres, buscando la Cabaña Perdida.

Cruzaron desfiladeros en medio de los brutales huracanes del verano, y se estremecieron bajo el sol de medianoche en las peladas montañas, al límite de las selvas y junto a las nieves eternas.

Bajaron a valles cálidos en los que los mosquitos les atormentaban, y en la misma orilla de los glaciares recogieron frutas maduras y florecillas tan bellas como las de las regiones templadas.

Hacia el final del verano llegaron a la región de los lagos, triste y silenciosa, que ya habían abandonado los ánades y las aves silvestres, dejándola triste y casi sin rastro de vida. Sólo oían durante días enteros el rugido del viento helado.

Y durante otro invierno entero erraron por senderos hechos por hombres que les habían precedido. En cierta ocasión llegaron a una senda abierta en la selva, y creyeron estar cerca de la Cabaña Perdida, pero en realidad se trataba de una senda que no conducía a ninguna parte. Resultaba un misterio por qué el hombre la había trazado y el objeto de hacerla.

En otra ocasión hallaron las ruinas de una cabaña de cazadores y, entre los restos de unas mantas deshechas, Thornton descubrió un rifle de chispa, que identificó como uno de los que usaban los miembros de la Compañía de la Bahía de Hudson cuando se inició la colonización del noroeste.

Con fusiles como éste se había tratado con los indios, cambiándolos por pieles de castor. No encontraron más. No había ningún otro rastro de hombres que hubieran pasado por allí, ni de los que construyeron la cabaña.

Llegó una nueva primavera, y por fin los tres socios encontraron, no la Cabaña Perdida, sino un filón casi a flor de tierra, en un extenso valle. El oro cubría como una capa amarilla el fondo de los cedazos. Ya no fueron más allá. Cada día de trabajo añadía nuevos millares de oro a su fortuna, en forma de polvo y de palacras. Metían el oro en sacos de piel de gamuza y los almacenaban en la cabaña de troncos que habían levantado.

Trabajaban como forzados y los días pasaban vertiginosamente, mientras iban acumulando su tesoro. Los perros no tenían apenas nada que hacer, excepto arrastrar las piezas de caza que de cuando en cuando cobraba Thornton. *Buck* pasaba largas horas cabeceando junto al fuego, porque, curiosamente, cada vez le asaltaba más frecuentemente la imagen del hombre velludo de cortas piernas y largos brazos.

Inconscientemente, asimilaba que el rasgo sobresaliente de aquella otra vida que revivía en sus sueños era el miedo. Cuando miraba al hombre velludo que dormía con la cabeza entre las rodillas junto al fuego, veía que su sueño era intranquilo, que se despertaba sobresaltado y alerta y escudriñaba temerosamente las tinieblas antes de echar más leños en el fuego.

A veces caminaban juntos por la orilla del mar, y el hombre velludo recogía mariscos y los comía crudos, mientras miraba recelosamente a su alrededor, como temiendo alguna amenaza, las piernas listas para echar a correr al menor asomo de peligro.

En otras ocasiones vagaban por la selva sigilosamente, con *Buck* pegado a los talones del hombre, ambos atentos y vigilantes, pues el hombre velludo tenía un oído y un olfato tan agudo como el del perro.

Ese hombre sabía trepar a los árboles y pasar de uno a otro tan rápidamente como cuando se movía en tierra, y a veces incluso saltaba de una rama a otra separadas por doce pies de distancia, sin caer jamás.

En realidad parecía encontrarse tan a gusto sobre los árboles como bajo ellos.

Y estrechamente ligado a las visiones del hombre velludo estaba la llamada que resonaba en lo más recóndito de la selva, y esta llamada le producía una gran desazón y unos deseos extraños.

Le hacía sentir una vaga y dulce alegría y le asaltaban vagos anhelos de algo que no poseía, y que no había poseído nunca. En ocasiones, siguiendo aquella misteriosa llamada, se internaba en la selva, buscando en ella algo intangible y ladrando suavemente.

Apoyaba el hocico en el musgo de los troncos y en la tierra negra donde crecían las altas hierbas, rascando entre el humus, como si quisiera desenterrar algo. Durante horas enteras se agazapaba oculto en los árboles caídos, abiertos los ojos y el oído atento a cuanto ruido se produjera en torno a él, aunque fuera el simple paso de un insecto.

No sabía por qué hacía todas esas cosas, pero se veía obligado a hacerlas.

Impulsos irresistibles le asaltaban a veces. Mientras dormitaba en el campamento, levantaba de pronto la cabeza y erguía las orejas, se levantaba de un salto y se lanzaba corriendo durante horas por los senderos umbríos o a través de los espacios abiertos.

Le agradaba agazaparse en los boscajes, espiando el paso de las aves silvestres, pero sobre todo le agradaba correr en las noches veraniegas, atento a los rumores de la selva, descifrándolos como un hombre descifra las letras escritas en un libro.

Una noche despertó con sobresalto. Tenía el pelo erizado y la piel sensible: desde la selva llegaba la llamada más clara que nunca, y él la reconoció: era un aullido prolongado, muy semejante al que emitían los *huskies,* los perros esquimales, pero diferente en su tono y gradación.

Supo que ya antes, mucho antes, había oído aquella llamada, aquel aullido. Sigilosamente cruzó el campamento dormido y se lanzó hacia el bosque.

A medida que se acercaba al lugar desde el que había oído la llamada, fue disminuyendo la celeridad de su carrera, hasta que sus movimientos se tornaron cautelosos.

Llegó a un claro del bosque. Allí, sentado sobre las ancas, con el hocico apuntando al cielo, estaba un delgado lobo hembra.

Buck no había hecho ruido alguno, pero el lobo dejó de aullar y husmeó la presencia del intruso. *Buck* salió al claro, a pecho descubierto, casi arrastrándose, el cuerpo encogido y la cola erguida. Cada uno de sus movimientos era a la vez una señal de amistad y un posible reto. Se trataba de la tregua que se establece entre desconocidos que se encuentran de pronto.

El lobo huyó y *Buck* le siguió a saltos, tratando de alcanzarlo. Le persiguió por el seco valle de un arroyo, donde un tronco obstruía el camino. El lobo se volvió y se encrespó, mostrando los dientes, acorralado y entrechocando las mandíbulas como si masticara algo.

Buck no le atacó. Se le acercó, moviendo la cola amistosamente. El lobo resultaba muy suspicaz, pues *Buck* pesaba por lo menos tres veces más que él y era mucho más corpulento.

A la primera ocasión, huyó y se reanudó la persecución. De cuando en cuando, *Buck* lograba arrinconarlo y se repetía la primera escena. El lobo debía estar disminuido por alguna causa, porque de lo contrario *Buck* jamás podría haberlo alcanzado.

La constancia de *Buck* tuvo por fin su recompensa, pues el lobo, al ver que el perro había tenido varias veces ocasión de atacarlo y no lo había hecho, acabó por detenerse y olfatearlo sin amenazas.

Durante unos minutos jugaron silenciosamente, y por último el lobo emprendió un trote corto, indicando con ello que se dirigía hacia algún lugar preciso. Los movimientos de sus cuartos traseros indicaron a *Buck* que podía seguirle y así lo hizo. Uno junto al otro corrieron por el lecho del arroyo, rumbo al desfiladero donde nacía la corriente de agua.

En la ladera opuesta se encontraron en una región llana en la que había grandes bosques y corrientes de agua. Por esa zona corrieron durante horas enteras, mientras el sol se elevaba en el cielo y el aire se tornaba más y más caluroso.

Buck estaba alegre, aunque no sabía por qué.

Intuía, sí, que por fin estaba contestando a aquella llamada que tantas veces había oído, sin precisar de dónde venía ni quién la lanzaba. Era la llamada de su hermano salvaje.

Viejos recuerdos se despertaban en su mente: él había hecho ya esto o algo parecido en otra época, en otro tiempo, en otras circunstancias.

Se detuvieron para beber en un arroyo y, al detenerse, *Buck* recordó de pronto a John Thornton.

Se detuvo y se sentó sobre sus ancas. El lobo partió de nuevo, y al ver que *Buck* no le seguía, volvió de nuevo hacia él y le animó a continuar. Pero *Buck* giró el cuerpo y partió al trote por el camino de regreso.

Durante casi una hora, su hermano de los bosques le acompañó, gimiendo suavemente. Luego se sentó y, alzando el hocico hacia el cielo, lanzó un penetrante aullido. Era como un grito fúnebre, que *Buck* continuó oyendo cada vez más débilmente a medida que se perdía en la distancia.

Capítulo XI

John Thornton estaba terminando su cena cuando *Buck* entró en el campamento como una flecha y le saltó encima para demostrarle su afecto, haciéndole caer de espaldas y lamiéndole el rostro.

John le maldijo cariñosamente, preguntándole que dónde demonios se había metido en todo el día, y llamándole vagabundo. Además, le anunció que cualquiera de aquellos días tropezaría con un lobo y qué iba a ser de él.

Durante dos días y dos noches, *Buck* no abandonó el campamento ni permitió alejarse a Thornton del alcance de su mirada. Le seguía mientras el hombre trabajaba, le observaba mientras comía y le acompañaba hasta verlo entre las mantas.

Pero al cabo de dos días, se produjo de nuevo la llamada, cada vez más cercana y más perentoria al mismo tiempo.

Buck se sintió desasosegado, y a él volvió el recuerdo de su hermano salvaje y de la región boscosa que estaba al otro lado de la corriente. Comenzó de nuevo a vagar por la selva, pero su hermano no regresó. Tampoco volvió a escuchar su fúnebre aullido.

Fue por entonces cuando comenzó a dormir en la selva, permaneciendo fuera del campamento durante días enteros. En cierta ocasión cruzó de nuevo la corriente y descendió a la región que tan bien recordaba. Durante una semana buscó a la loba en vano.

Cazaba lo que necesitaba y avanzaba a un trote largo y fácil. En una ancha corriente de agua que fluía suavemente hacia el mar pescó salmones e incluso mató a un viejo oso al que las abejas habían cegado con sus picotazos y que vagaba furioso por la selva.

La lucha fue terrible y despertó los últimos salvajes instintos de *Buck*. Cuando dos días después regresó al lugar de la batalla, encontró a una docena de glotones riñiendo sobre los despojos del oso y los dispersó a dentelladas. Dos de ellos pagaron con la vida el haber tocado «lo que le pertenecía a él».

El anhelo de la sangre fresca y viva se le hizo cada vez más acuciante. *Buck* era un matador, una fiera de presa que necesitaba otros seres vivos para alimentarse, seres vivos a los que gustaba cazar por sí mismo. Era el predador que sobrevive y triunfa en un mundo hostil, en el que el que pierde paga con su vida y con su carne.

A no ser por las manchas pardas del hocico y de los ojos, y por el mechón de pelos blancos que le nacían en el pecho, podría habérsele tomado por un enorme lobo. Del San Bernardo que había sido su padre había heredado el tamaño y el peso, pero era su madre quien había modelado ese tamaño. Su hocico era el largo hocico del lobo, pero más ancho y macizo. Su cabeza también era menos deprimida.

También su astucia era la astucia del lobo salvaje, y su inteligencia, la del pastor y la del San Bernardo. Todo ello se sumaba a una experiencia adquirida en la más feroz de las escuelas, que le convertía en una criatura tan formidable como cualquiera de las que erraban por la selva.

Vivía a dieta de carne y estaba en la plenitud de la vida. Cuando Thornton le pasaba la mano por el lomo, el pelo se le erizaba. Si cualquier acontecimiento inusual requería acción, respondía de una manera instantánea, con la rapidez del rayo. Por veloz que fuera un perro lobo al atacar o al defenderse, *Buck* era más rápido aún. Un simple movimiento a su lado y reaccionaba en menos tiempo que cualquier otro perro. Sus músculos estaban sobrecargados de vigor y funcionaban como resortes de acero. La vida corría por su sangre como un torrente.

—Jamás vi un perro como éste —dijo Thornton un día en el que junto con sus socios veía alejarse a *Buck* camino de la selva.

—Dios lo hizo y rompió el molde después —asintió Pete.

—Creo lo mismo, y es una verdadera lástima que no tengamos diez como él.

—Se matarían unos a otros. *Buck* es un líder y no permitiría ninguno parecido a él.

Le vieron alejarse, es decir, vieron alejarse a «su perro», pero no vieron la terrible y súbita transformación que se produjo en él en cuanto le ocultaron los primeros árboles de la selva.

Ya no andaba. Se había convertido en una fiera salvaje que avanzaba suavemente con felinos pasos, en una sombra que aparecía y desaparecía entre las otras sombras.

Sabía cómo aprovechar todos los escondrijos, cómo arrastrarse sobre el vientre igual que una víbora y cómo saltar sobre su presa y abatirla de una dentellada en la garganta.

Conocía la mejor manera de atrapar a las aves en su nido, matar a las liebres mientras dormían y acuchillar a las ardillas en pleno salto, con sus colmillos como diminutos sables.

Ni los peces eran suficientemente rápidos como para escapar de él, ni los castores lo suficientemente vigilantes como para que no pudiera cazar a alguno antes de que se retirasen a sus refugios acuáticos.

Mataba para comer, no por maldad, pero prefería comer lo que él mismo había matado y, a ser posible, bien fresco, y además gozaba con la caza, tanto si conseguía cobrar la pieza como si no. El caso era perseguirla, atacarla, atajarla al vuelo o a la carrera.

Cuando llegó el otoño aparecieron los primeros rebaños de alces que avanzaban lentamente para pasar el invierno en los valles resguardados donde el clima era menos riguroso, y donde podían encontrar todo el tiempo el musgo y las cortezas de árbol de que se alimentaban.

Buck ya había logrado matar a un alce joven, pero deseaba otra presa mayor y la encontró un día en una vertiente, en la misma vertiente en la que nacía el arroyo. Unos veinte alces habían cruzado la zona desde la región de las selvas y entre ellos destacaban los cuernos de un enorme macho.

Aquella bestia tenía un humor horrible, y casi dos metros de alzada. Resultaba en verdad un formidable contrincante, tan formidable como *Buck* pudiera desear.

Sacudía hacia todas partes sus palas de más de siete pies de anchas de punta a punta y al distinguir a *Buck* mugió enfurecido.

De uno de sus flancos sobresalía una flecha emplumada, lo cual explicaba su irritación y ferocidad.

Buck, siguiendo el rito ancestral que le había llegado a través de los siglos, se dispuso a separarlo de la manada.

No era una tarea fácil, porque un golpe con una de aquellas palas podría derribarlo sin vida, y las pezuñas, afiladas como navajas de afeitar, lo destriparían en un instante.

Como no podía escapar, el alce dio suelta a su furia. Cargaba sobre *Buck*, el cual retrocedía astutamente, atrayéndolo hacia el lugar en que quería colocarlo. Pero cuando creía tenerlo ya, dos o tres de los machos jóvenes atacaban a *Buck* a su vez y permitían al macho viejo reunirse de nuevo con el rebaño.

En la caza hay que tener una paciencia incansable, porque el que se cansa muere. Es la paciencia de la araña que aguarda días enteros a su presa sin moverse. Esa misma paciencia mantuvo a *Buck* cerca del rebaño, demorando su marcha, no dejándoles alimentarse, molestando a las hembras con sus crías y enloqueciendo de furia al macho herido.

Durante un día entero duró la lucha. *Buck*, incansable, se multiplicaba, atacando por todas partes, envolviendo al rebaño en una tempestad de aullidos, ladridos, gruñidos y amenazas. De cuando en cuando lograba aislar a su víctima, pero en último instante aquélla lograba volver a su manada.

De esta manera agotaba a los acosados, cuya paciencia es siempre menor que la de los acosadores.

Al ir a ponerse el sol, los machos jóvenes acudían cada vez más desganados a defender a su reyezuelo. La llegada del invierno que se aproximaba les impelía a proseguir su camino y aquella criatura parecía no tener prisa alguna en dejarlos. Por otra parte, en ellos despertaba ya el instinto que hace que los machos jóvenes se vuelvan contra el viejo.

Cuando llegó la oscuridad, el viejo macho vio cómo sus compañeros se alejaban a paso rápido por la espesura. No podía seguirles. Ante él estaban siempre los blancos colmillos amenazadores.

Pesaba casi quinientos kilos, había vivido mucho y había luchado mucho. Por último, comprendió que por esta vez la muerte le había ganado la partida.

Desde entonces, *Buck* no le dejó de día ni de noche. Su presa estaba segura y no se le escaparía. No le permitía mordisquear una sola hoja, no le dejaba apagar la sed en las aguas del arroyo. Cuando, sumido en la desesperación, el viejo macho se lanzaba a una loca carrera, *Buck* no intentaba cazarlo, sino que le seguía a corta distancia, jugando la partida a su modo y atacándole sólo cuando quería comer o beber.

La enorme cabeza se inclinaba bajo el peso de las paletas. Su trote se hacía cada vez más lento. Comenzó a detenerse durante largos intervalos, la nariz pegada al suelo, las orejas caídas.

Al concluir el cuarto día, se abatió por fin el enorme alce. Durante un día y una noche, *Buck* permaneció a su lado, alimentándose de su carne y durmiendo. Ya descansado, se dispuso a volver al campamento.

Trotó rápidamente sin errar el camino, y a medida que avanzaba advertía cada vez más acuciante la nueva vida que parecía brotar de la tierra, una vida distinta de la que había tenido durante el verano. *Buck* se detenía de cuando en cuando para aspirar el fresco de la mañana, captando un misterioso mensaje que le hizo aumentar la rapidez de la marcha. Sentía el presentimiento de una calamidad inminente.

Cuando cruzó la vertiente, descendiendo ya hacia el valle, su marcha se hizo más cautelosa. A tres millas del campamento, encontró huellas que le erizaron el pelo de la espalda. Las huellas se dirigían hacia el campamento y hacia su amo.

Buck se apresuró, con los nervios tensos, alerta a los detalles que le advertían de lo ocurrido... menos del final de todo. Las aves habían desaparecido, las ardillas se ocultaban. Al pasar por la sombra de unos árboles, su nariz giró hacia un costado, con fuerza irresistible. Había allí un nuevo olor. Lo siguió hasta un matorral y encontró a *Nig* muerto, con el cuerpo atravesado de lado a lado por una flecha.

Cien yardas más adelante, halló a uno de los perros que Thornton había comprado en Dawson. Tumbado sobre el camino, se debatía en estertores mortales. *Buck* no se detuvo. Del campamento le llegaba un débil murmullo que se elevaba y descendía como una canturía monótona. Arrastrándose, llegó al borde del claro y allí vio a Hans que yacía boca abajo, acribillado a flechazos. Donde se había elevado la cabaña de troncos vio algo que le hizo erizar los pelos, al tiempo que le invadía una incontenible ira. Gruñó ferozmente.

Los indios estaban danzando alrededor de las ruinas de la cabaña cuando oyeron de pronto un espantoso rugido y vieron cómo se les echaba encima un enorme animal, desconocido para ellos. Era *Buck*, pero al mismo tiempo era una furia ansiosa de destrucción.

El indio más próximo era el jefe de los yihats. *Buck* lo derribó, mientras los demás se revolvían aterrados. Incluso algunos se hirieron entre sí con sus flechas, en la confusión que reinó tras del ataque del perro. Llenos de pánico, huyeron del demonio que los asesinaba.

Era verdad que *Buck* parecía un demonio encarnado en la figura de un perro. Aquella fue una jornada terrible para los yihats, que se dispersaron por toda la zona. Hubo de pasar una semana antes de que los sobrevivientes se pudieran reunir de nuevo en un valle lejano para contar sus pérdidas y llorar sus muertos.

Buck regresó al campamento. Pete había sido muerto en sus propias mantas, sorprendido por el ataque, pero la desesperada defensa de Thornton podía leerse en la tierra. *Buck* la siguió hasta el borde de un lago. Allí, con la cabeza y las patas en el agua, yacía *Skeet*, leal hasta el fin. Ese mismo lago ocultaba el cadáver de Thornton.

Buck pasó el día entero a orillas del lago y vagabundeando por el campamento. Sabía, presentía, que Thornton había muerto y esta sensación le producía un vacío parecido al hambre, pero que ningún alimento podría llenar. Luego, olisqueaba los cadáveres de los yihats. Era la primera vez que mataba al hombre, y por tanto había roto la ley del garrote y del colmillo.

Era más fácil aún que matar a un perro, y se sintió orgulloso de saberse capaz de ello. En adelante no les tendría ya miedo. Sabía que podía acabar con ellos.

Llegó la noche, la luna se elevó entre los árboles y con la luna le llegó el despertar del bosque. Escuchó. Desde lejos le llegó un agudo aullido, al que siguió un coro de ellos. Los aullidos se hacían más y más claros al acercarse los que los lanzaban.

Enfiló hacia el centro del claro y se detuvo a escuchar. Era *La Llamada,* y sonaba más atrayente que nunca. Sólo que ahora estaba ya listo para obedecerla, porque su amo había muerto, y su amo era lo único que le ataba al mundo del Hombre.

La manada de lobos había dejado la región boscosa para bajar al valle, siguiendo las huellas de los alces, como habían hecho los yihats. Llegaron como sombras plateadas por los rayos de la luna. *Buck* estaba en el centro del claro, inmóvil como la estatua de sí mismo.

Los lobos se sorprendieron al verlo. Hubo una pausa, pero inmediatamente el más audaz de ellos se lanzó sobre *Buck*. Como un relámpago, éste respondió al ataque y destrozó la garganta del agresor. Luego, volvió a quedarse inmóvil, esperando. Tres más intentaron abatirlo, y uno tras otro hubieron de retroceder, bañados en su propia sangre.

El resto de la manada se lanzó hacia adelante, ansiosa por abatir la presa. La maravillosa ligereza de *Buck* les privó de ella. Girando sobre sus patas traseras, y lanzando dentelladas a diestro y siniestro, parecía hallarse en todas partes a la vez.

Para evitar que lo atacaran por detrás, retrocedió poco a poco hasta el cauce del arroyuelo seco, hasta llegar a un ángulo del terreno que lo protegía por tres lados, y allí se detuvo, dispuesto a la defensa.

Al cabo de media hora, los lobos retrocedieron, desconcertados. Sus colmillos brillaban a la luz de la luna y tenían las lenguas fuera de la boca, jadeando pesadamente.

Algunos de ellos se echaron en el suelo y observaron a *Buck*. Otros bebían de un charco. De pronto, un lobo largo y delgado avanzó hacía *Buck* moviendo el rabo amistosamente, y *Buck* reconoció en él a su hermana salvaje con la cual había corrido y jugado un día y una noche.

El lobo gemía suavemente y, al recibir una respuesta de *Buck*, restregó su hocico contra el del perro. Después fue un lobo viejo, lleno de cicatrices, el que se adelantó. *Buck* inició el gruñido de aviso, pero restregó al final su hocico contra el recién llegado. El lobo se sentó y lanzó un aullido. Los demás le imitaron y el mismo *Buck* respondió a la llamada de la manada.

Ésta lo rodeó, pero sin dar muestras ya de hostilidad. Luego, los líderes reunieron a su tropa y se lanzaron hacia los bosques. *Buck* les acompañó, corriendo al lado de su hermana salvaje y aullando al mismo tiempo.

No pasaron muchos años antes de que los yihats, los indios, advirtieran que alguna diferencia se había producido en la raza de los lobos del bosque, pues vieron algunos que tenían manchas pardas en la cabeza y en el hocico, y un mechón de pelos blancos en el pecho.

Pero los yihats recordaron aún algo más extraordinario: un Perro Fantasma, como le llamaron, que corría a la cabeza de la manada. Le temían, porque era más astuto que los lobos y les robaba los alimentos durante los crudos inviernos, destrozaba sus trampas sin caer en ellas y desafiaba a los más valientes cazadores.

Más aún. Había cazadores que no regresaban jamás a sus cabañas y otros que eran encontrados con las gargantas abiertas a dentelladas, y las huellas que los rodeaban eran más grandes que las de cualquier lobo.

Todos los otoños, cuando los yihats seguían las migraciones de los alces, daban un rodeo para no pasar cerca de cierto valle, porque sabían que un Espíritu Maligno había elegido ese valle como morada.

Al llegar el verano, sin embargo, un visitante llegaba a ese valle. Era un enorme lobo de hermoso pelaje, diferente a los demás. Cruzaba solo la región de los bosques y permanecía durante algunas horas en lo que había sido una cabaña de troncos, lanzando aullidos escalofriantes. Después partía.

Pero no siempre iba solo. Algunas veces se le había visto corriendo al frente de una manada de lobos, un gigante entre los suyos, que corría alzando hacia el cielo su garganta para lanzar el himno salvaje y lastimero de la manada.

FIN

LA FE DE LOS HOMBRES

—Te digo que lo que podíamos hacer es jugar un poco —dijo uno de aquellos dos hombres.

—No está mal —contestó el interpelado, volviéndose, al hablar, hacia el indio que en un rincón de la cabaña remendaba unos zapatos para la nieve—. Tú, Billebedam, corre como un buen muchacho a la cabaña de Oleson y dile que deseamos que nos preste la caja de dados.

Este encargo inesperado, hecho después de una conversación sobre salarios y alimentos, sorprendió a Billebedam. Además, estaban en las primeras horas de la mañana y él nunca había visto a hombres de la categoría de Pentfield y Hutchinson jugar a los dados hasta después de concluido el trabajo diurno. Pero cuando se puso los mitones y se dirigió a la puerta, su semblante estaba impasible, como el de todo indio del Yukón.

Aun cuando ya eran las ocho, reinaba todavía fuera la oscuridad y la cabaña estaba alumbrada por una vela de sebo clavada en una botella vacía de whisky que se hallaba sobre una mesa de pino, entre un revoltijo de platos de estaño, sucios. El sebo de innumerables bujías había goteado por el largo cuello de la botella y se había endurecido, formando un glaciar en miniatura. La pequeña habitación presentaba el mismo desorden que la mesa; en un extremo había dos camastros, uno encima del otro, con las mantas revueltas, tal como las habían dejado los dos hombres al levantarse.

Lawrence Pentfield y Corry Hutchinson eran millonarios, aunque no lo pareciesen. No había nada de extraordinario en ellos y hubieran podido pasar por unos perfectos tipos de madereros de cualquier campamento de Michigan. Pero fuera, en la oscuridad, donde se abrían unos agujeros en el suelo, había muchos hombres ocupados en extraer del fondo de unos hoyos lodo, arena y oro, que otros hombres, que percibían quince dólares de salario, separaban de impurezas. Cada día se recogía oro por valor de miles de dólares y se subía a la superficie, y todo esto pertenecía a Pentfield y Hutchinson, quienes podían codearse con los más ricos de Bonanza.

Pentfield rompió el silencio que sucedió a la salida de Billebedam, amontonando más los platos sucios de encima de la mesa y haciendo sonar una tocata con los nudillos en el espacio desocupado. Hutchinson, meditabundo, despabiló la vela, que humeaba, y restregó entre el pulgar y el índice el carboncillo de la vela torcida.

—¡Por Júpiter, yo quisiera que pudiéramos marcharnos los dos! —exclamó de pronto—. Así todo se resolvería.

Pentfield le miró, sombrío:

—Si no fuese por tu maldita obstinación, ya estaría resuelto de todas maneras. Lo que debes hacer es marcharte. Yo me quedaré al cuidado de las cosas hasta el año que viene, en que podré irme a mi vez.

—¿Y por qué he de marcharme yo? No tengo a nadie que me espere...

—Tu gente —le interrumpió ásperamente Pentfield.

—Lo mismo que a ti —dijo Hutchinson—. Te espera una muchacha, ya lo sabes.

Pentfield se encogió de hombros tristemente:

—Me parece que puede esperar.

—Hace ya dos años que te está esperando.

—Otro más no la envejecerá hasta el punto de que no llegue a reconocerla.

—Serán entonces tres años. Reflexiónalo bien; tres años en este extremo del mundo, en este endiablado lugar.

Hutchinson levantó el brazo con un sordo gruñido.

Era algunos años más joven que su socio (no tenía más de veintisiete), y en su semblante había la seriedad de los hombres que desean con ahínco las cosas de que se han visto privados durante mucho tiempo. Esta misma seriedad tenía el rostro de Pentfield, y también dejó oír un gruñido al encogerse de hombros.

—La noche pasada soñé que me hallaba en casa de Zinkand —dijo—. Tocaba la música, tintineaban los vasos, se oían murmullos de voces, risas de mujeres y yo pedía huevos; sí señor, huevos fritos, cocidos, pasados por agua, revueltos y de todas maneras, y los engullía tan pronto como llegaban.

—Yo hubiera pedido ensaladas y cosas verdes —exclamó ávidamente Hutchinson—, con un doble de excelente cerveza, y cebollas tiernas y rábanos de esos que crujen al hincarles el diente.

—Yo hubiera hecho venir eso después de los huevos, seguramente, si no llego a despertar —replicó Pentfield.

Cogió del suelo un banjo lleno de remiendos y comenzó a arrancarle notas sueltas y discordantes.

Hutchinson parpadeó y suspiró tristemente.

—¡Cállate! —estalló de pronto, furioso, al atacar el otro una alegre tonadilla—. Me vuelve loco. No puedo resistirlo.

Pentfield echó el banjo en una litera y recitó:

«Escucha mi charla, que el más débil no confesaría:
Yo soy la Memoria y el Tormento... ¡Yo soy la Ciudad!
¡Yo soy lo que acompaña el traje de noche!»

El otro se rebulló en el asiento, echó la cabeza hacia adelante y la apoyó en la mesa. Pentfield reanudó el monótono tamborileo con los nudillos. Un fuerte ruido junto a la puerta atrajo su atención. La helada iba invadiendo el interior, como una blanca sábana. Pentfield empezó a tararear:

«Los rebaños están recogidos, las ramas desnudas;
el salmón se encamina hacia el mar.
Y, ¡oh hermosa!, yo quisiera poder, en algún sitio,
contigo mi corazón albergar.»

Se hizo un silencio, que no volvió a interrumpirse hasta que llegó Billebedam y puso la caja de los dados encima de la mesa.

—Hace mucho frío —dijo—. Oleson ha hablado conmigo y me ha dicho que el Yukón se ha helado esta noche última.

—¡Ya oyes, viejo! —gritó Pentfield dándole una palmada en el hombro—. El que gane, mañana a estas horas puede estar en camino para la tierra bendita.

Cogió la caja, haciendo sonar los dados alegremente.

—¿Qué va a ser?

—Levanta la caja de los dados y échalos —contestó Hutchinson.

Pentfield apartó con estrépito los platos de la mesa. Ambos miraron ansiosamente. La jugada fue sin un par y con cinco puntos.

—Mala jugada —gruñó Pentfield.

Después de mucho deliberar, Pentfield recogió los cinco dados y volvió a meterlos en la caja.

—En tu lugar, yo apostaría por el cinco —sugirió Hutchinson.

—No, no lo harías si vieses esto que vas a ver —replicó Pentfield. Y echó los dados.

Tampoco esta vez hubo parejas, corriendo sin interrupción del dos al seis.

—¡Otra vez! —refunfuñó—. Tu juego no vale, Corry. Así no puedes perder.

Hutchinson reunió los dados sin decir palabra, los agitó y los tiró encima de la mesa con un molinete, y vio que también había sacado seis puntos.

—Quiero hacerlo mejor que tú —dijo cogiendo cuatro de ellos. Y removiéndolos dentro de la caja hizo otra jugada de seis—. Ahora te gano.

Los dados rodaron dos, tres, cuatro y cinco veces..., y siguió jugando sin hacerlo mejor o peor que Pentfield.

Hutchinson suspiró.

—Esto no sucedería otra vez entre un millón de veces —dijo.

—Ni en un millón de vidas —añadió Pentfield cogiendo los dados y volviéndolos a tirar rápidamente.

Aparecieron tres cincos, y después de un buen rato fue premiado con otro cinco a la segunda jugada. Hutchinson pareció haber perdido la última esperanza.

Pero en su primera jugada volvieron a salir tres seises. En los ojos de Pentfield se reflejó una gran duda, mientras que en los de Hutchinson renacía la esperanza. Aún le quedaba una jugada. Otro seis, y cruzaría el hielo hacía el agua salada y los Estados Unidos.

Agitó los dados en la caja, hizo como si fuera a tirarlos, titubeó y continuó agitándolos.

—¡Anda, anda! No vas a pasarte así toda la noche —gritó con rudeza Pentfield.

Y eran tales los esfuerzos que hacía para dominarse, que doblaba las uñas sobre la mesa.

Los dados salieron rodando, y otro seis se ofreció a su vista. Los dos hombres se quedaron con la mirada fija en él. Hubo un gran silencio. Hutchinson miró disimuladamente a su socio, quien con más disimulo aún lo notó, y encogió los labios tratando de mostrarse indiferente.

Hutchinson se reía al levantarse. Era una risa nerviosa e insegura. En este caso resultaba más desairado ganar que perder. Se aproximó a su socio, que se volvió ferozmente hacia él:

—Bueno, ahora no hables, Corry. Sé todo lo que vas a decir: que preferías quedarte y que me marchase yo, y todo lo demás, así que no lo digas. Tienes que ver a los tuyos en Detroit, y eso basta. Además, tú puedes hacer por mí lo mismo que yo esperaba haber hecho si me hubiera ido yo.

—¿Qué quieres decir...?

Pentfield leyó la pregunta completa en los ojos de su socio, y contestó:

—Sí, eso mismo. Tú puedes traérmela. La única diferencia consistirá en que la boda se celebrará en Dawson en lugar de celebrarse en San Francisco.

—¡Pero hombre! —repuso Hutchinson—. ¿Cómo se te ha ocurrido que yo pueda traerla? No somos precisamente hermanos. Además no la conozco, y no sería muy correcto que viajáramos juntos. Claro que no habría

inconveniente, ya lo sabemos; pero piensa en lo que diría la gente, hombre.

Pentfield masculló unos juramentos, asegurando que estas preocupaciones sólo rezaban en regiones menos frías que Alaska.

—Ahora, si quieres escuchar y no lanzarte por caminos extraviados —dijo Hutchinson—, comprenderás que lo único factible en estas circunstancias es que seas tú el que se marche este año, y así, el que viene, podré levantar yo el vuelo.

Pentfield movió la cabeza, aunque visiblemente dominado por la tentación.

—No quiero, mi viejo Corry. Agradezco tu delicadeza, pero no quiero. Me avergonzaría cada vez que recordase que estás aquí, esclavizado, en mi lugar.

De pronto, pareció que se le ocurría una idea. Se puso a hurgar en su cama revolviéndolo todo con gran impaciencia, hasta encontrar papel y lápiz, y, sentándose a la mesa, empezó a escribir con rapidez.

—Toma —dijo poniendo en la mano de su socio la carta que acababa de garabatear—. Entrega solamente esto y se arreglará todo.

Hutchinson la recorrió con la vista y se la guardó.

—¿Confías en que su hermano consentirá en hacer este maldito viaje hasta aquí? —preguntó.

—¡Oh, lo haría por mí... y por su hermana! —repuso Pentfield—. ¿Ves? De que viniese solo con la hermana no me fiaría, porque es un novato; pero contigo resultará un viaje fácil y seguro. Tan pronto como llegues, ve a su casa hacia el Este para ver a los tuyos, y a la primavera, ella y su hermano estarán dispuestos para partir contigo.

Sé que te gustará en cuanto la trates; la conocerás así le eches la vista encima.

Y mientras hablaba abrió la tapa posterior de su reloj y le enseñó el retrato de una joven pegado en el interior de la caja. Corry Hutchinson la contempló admirado.

—Se llama Mabel —prosiguió Pentfield—. También será conveniente que sepas cómo encontrar la casa. Tan pronto como llegues a San Francisco, toma un coche y di solamente: «Holmes place, Myrdon Avenue». No creo que sea necesario decir lo de Myrdon Avenue. El cochero sabrá dónde vive el juez Holmes.

—Además —continuó Pentfield después de una pausa—, estaría muy bien que me procurases algunas de esas cositas que..., hem...

—Que un hombre casado debe tener en su casa —le interrumpió Hutchinson, riendo.

Pentfield se rió también.

—Naturalmente, servilletas, manteles, sábanas, fundas de almohada y cosas de ésas. Y podrías comprar una buena vajilla. Ya comprenderás que a ella le sería difícil poder ocuparse de todo esto. Puedes mandarlo todo en el vapor que hace la travesía por el mar de Behring. ¿Y qué te parece un piano?

Hutchinson aprobó la idea cordialmente. Sus escrúpulos se habían desvanecido y aceptaba su misión con entusiasmo.

—¡Por Júpiter, Lawrence! —dijo al final de la sesión, al ponerse ambos en pie—. Voy a traer a tu novia como si fuera una princesa. Yo guisaré y cuidaré de los perros y el hermano no tendrá que preocuparse sino de que ella viaje bien y procurarle las cosas que a mí se me olviden. Y yo haré por olvidar las menos posibles, te lo aseguro.

Al día siguiente Lawrence Pentfield le estrechó la mano por última vez y le vio correr con los perros y desaparecer por el helado Yukón, hacia el mar y hacia el mundo.

Pentfield se volvió a su mina de Bonanza, que ahora le pareció más horrible, y se preparó resueltamente a hacer frente al largo invierno. Allí había mucho trabajo, vigilar a los hombres, dirigir las operaciones y después ocuparse del pago de los jornales; pero su corazón no estuvo en el trabajo ni en nada hasta que sobre la colina que había detrás de la mina empezaron a levantarse las hileras de troncos de una nueva cabaña.

Era espaciosa y abrigada, dividida en tres departamentos confortables. Cada tronco era cortado y ajustado a mano: un capricho caro, teniendo en cuenta que los operarios ganaban quince dólares al día; pero a él nada le parecía demasiado costoso tratándose de la casa que había de habitar Mabel Holmes.

Así, pues, se fue a echar un vistazo a las obras de la cabaña, cantando: «Y, ¡oh hermosa!, yo quisiera poder, en algún sitio, contigo mi corazón albergar.» Clavado en la pared, sobre la mesa de su albergue, tenía Pentfield un calendario, y cada mañana lo primero que hacía era arrancar la hoja del día anterior y contar los que faltaban para que llegase la primavera y con ella Mabel corriendo velozmente por el Yukón helado.

Otro capricho suyo era no permitir que nadie durmiera en la nueva cabaña de la colina. Al venir Mabel a ocuparla, quería que estuviese tan intacta como la madera de que estaba construida; y cuando se terminó, cerró la puerta con candado. Nadie sino él entraba allí, y dentro solía pasarse largas horas, saliendo después con el rostro radiante y brillándole los ojos de alegría y entusiasmo.

En diciembre recibió una carta de Corry Hutchinson. Acababa de ver a Mabel Holmes y afirmaba que reunía todas las cualidades para ser la digna esposa de Pentfield. Sucediéronse las cartas con breves intervalos y a veces, cuando el correo se retrasaba, llegaban dos o tres juntas. Todas ellas en el mismo diapasón. Corry acababa de llegar de Myrdon Avenue, Corry se iba a la Myrdon Avenue o Corry se hallaba en la Myrdon Avenue. Y prolongaba su estancia en San Francisco, sin mencionar siquiera el viaje a Detroit.

Pentfield comenzó a pensar que su socio, debiendo marchar al Este para ver a su familia, permanecía demasiado tiempo al lado de Mabel Holmes. A veces se sorprendía preocupándose por esta causa, pero se hubiera preocupado más de no conocer tan bien a Mabel y a Corry. Al mismo tiempo las cartas de Mabel traslucían una especie de temor, muy parecido al desafecto, siempre que se trataba del viaje por el hielo y de la boda en Dawson, y hablaban mucho de Corry. Pentfield le contestaba animándola, riendo de sus recelos, que él suponía mero temor físico ante los riesgos y las privaciones, más bien que subterfugios de mujer.

Pero el invierno interminable y la fastidiosa espera, después de los dos largos inviernos anteriores, habían influido en él. La dirección de los trabajos y la ocupación de pagar a los hombres no bastaban para romper el tedio de los días, y a finales de enero empezó a hacer algunos viajes a Dawson, donde durante unas horas, junto a las mesas de juego, podía olvidarse de su identidad. Deseando perder, ganaba, y «la suerte de Pentfield» llegó a ser proverbial entre los jugadores de *faraón*.

Esta suerte le acompañó hasta la segunda semana de febrero. Es difícil conjeturar si hubiese durado más, ya que nunca volvía a jugar después de una partida fuerte. Ocurrió en la Opera House y en una hora en que parecía imposible que apostara por una carta sin hacerla ganar. En el silencio que sucedió al final de una jugada, mientras el *croupier* barajaba, Nick Inwood, el banquero, advirtió sin que viniese a cuento:

—Te aseguro, Pentfield, que tu socio lo pasa muy bien fuera de aquí.

—Justo es que Corry se divierta —había contestado Pentfield—. Especialmente cuando se lo tiene bien ganado.

—Sobre gustos nada hay escrito —dijo riendo Nick Inwood—; pero se me hace difícil llamarle diversión al matrimonio.

—¡Corry, casado! —gritó Pentfield sin poder creerlo; y, no obstante, más sorprendido en aquel momento de lo que él mismo se imaginaba.

—Naturalmente —prosiguió Inwood—. Lo vi en el periódico de San Francisco que llegó esta mañana.

—Bueno, ¿y quién es ella? —preguntó Pentfield con ese algo de impaciencia fortalecida que adoptamos ante lo inesperado, presintiendo al mismo tiempo que van a reírse a nuestra costa.

Nick Inwood sacó el periódico de San Francisco del bolsillo y empezó a recorrerlo diciendo:

—Tengo mala memoria para los nombres, pero me parece que es algo así como Mabel..., Mabel... ¡Ah, sí! Aquí está... Mabel Holmes, hija del juez Holmes..., muy conocido en su casa.

Lawrence Pentfield no hizo el menor movimiento, pero se extrañó de que ningún hombre del Norte pudiese conocer su nombre. Paseó fríamente la mirada por aquellas caras, tratando de descubrir algún indicio de la broma de que le hacían objeto, pero aparte de una sana curiosidad, nada revelaban aquellos semblantes. Después se encaró con el banquero y le dijo en tono frío y sereno:

—Inwood, apuesto quinientos a que todo lo que acabas de decir no está en el periódico.

El banquero le miró entre burlón y sorprendido:

—Vete a paseo, muchacho. No necesito de tu dinero.

—Ya lo suponía —dijo Pentfield con impertinencia, volviendo al juego y poniendo a dos cartas.

Nick Inwood se sonrojó como si se dudara de sus sentidos y repasó cuidadosamente la cuarta parte de la columna impresa.

Luego se volvió hacia Pentfield.

—Mira, Pentfield —dijo rápidamente, con ademán nervioso—. Yo no puedo consentir eso, ¿sabes?

—¿Consentir qué? —preguntó Pentfield brutalmente.

—Tú diste a entender que yo mentía.

—Nada de eso —respondió—. Yo sólo supuse que se trataba de una broma pesada.

—¡Jueguen, señores! —protestó el banquero. Y dirigiéndose a Pentfield insistió—: Pues te digo que es verdad.

—Y yo te he dicho que apuesto quinientos a que eso no viene en el periódico —contestó Pentfield, colocando al mismo tiempo un pesado saco de polvo encima de la mesa.

—Siento verme obligado a tomarte el dinero —replicó Inwood entregándole el periódico.

Pentfield lo vio, pero no podía acabar de darle crédito. Echó una ojeada al título. «El joven Lochinvar ha llegado del Norte». Recorrió deprisa el artículo, hasta que sus ojos sorprendieron reunidos los nombres de Mabel Holmes y Corry Hutchinson, y entonces se fijó en el encabezamiento de la página. Era un periódico de San Francisco.

—El dinero es tuyo, Inwood —advirtió con risa cortante—. Este socio mío nunca dice lo que piensa hacer cuando se marcha.

Después volvió al artículo y lo leyó palabra por palabra, muy despacio y detenidamente. Ya no podía dudar. Sin duda, Corry Hutchinson se había casado con Mabel Holmes.

Lo describían como «uno de los potentados de Bonanza, socio de Lawrence Pentfield (a quien la sociedad de San Francisco no había olvidado aún), e interesado con este caballero en otras ricas propiedades del Klondike».

Más adelante, y hacia el final, leyó: «Se susurra que Mr. y Mrs. Hutchinson, después de un breve viaje al Este, a Detroit, harán su verdadero viaje de novios por la deliciosa región del Klondike.»

—Volveré en seguida; guárdame el sitio —dijo Pentfield levantándose y cogiendo el saco que había servido para parar el golpe y que quedaba aligerado ahora de quinientos dólares.

Bajó por la calle y compró un periódico de Seattle. Contenía los mismos pormenores, aunque algo más resumidos. Corry y Mabel se habían casado sin duda alguna. Pentfield regresó a la Opera House y volvió a ocupar el sitio en el juego. Pidió cambiar cierta cantidad.

—Tratas de recuperar lo perdido —dijo riendo Nick Inwood, al tiempo que asentía con un gesto—. Iba a marcharme al almacén de la A. C., pero me parece que me quedo para ver cómo ganas.

Eso hizo Lawrence Pentfield después de dos horas de bucear en la suerte, cuando el comerciante, cortando con los dientes la punta de otro cigarro y encendiendo una cerilla, anunció que la banca había quebrado. Pentfield cobró por valor de cuarenta mil dólares, estrechó la mano de Nick y decidió que aquélla era la última vez que jugaba a ninguna clase de juego.

Nadie supo, ni sospechó siquiera, que había sufrido un rudo golpe.

En sus maneras no había ningún cambio aparente. Cuando leyó la noticia en un periódico de Portland, se puso a trabajar con más ahínco que nunca. Después fue a visitar a un amigo, a quien encargó el cuidado de la mina, y partió por el Yukón detrás de sus perros.

Continuó por el camino de Salt Water, hasta alcanzar el White River, por el que se internó. Cinco días más tarde llegó a un campamento de cazadores indios de White River. Por la noche hubo una fiesta, y él ocupó el sitio de honor, al lado del jefe.

Al día siguiente por la mañana hizo de nuevo tomar a los perros la dirección del Yukón. Pero ya no viajaba solo. Aquella noche una joven india dio de comer a los perros y le ayudó a plantar la tienda. Durante su infancia le había mordido un oso y cojeaba ligeramente. Se llamaba Lashka, y al principio se mostró desconfiada con aquel hombre blanco tan extraño, que había llegado de lo Desconocido y se había casado con ella sin casi dirigirle la palabra, ni la mirada, y ahora regresaba hacia lo Desconocido con ella.

Pero a Lashka le cupo mejor suerte que a la mayoría de las muchachas indias que se casan con hombres blancos del Norte.

Apenas llegados a Dawson, solemnizaron a la moda del hombre blanco, ante un clérigo, el bárbaro matrimonio que les había unido. Desde Dawson, que para ella fue algo así como una maravilla y un sueño, la llevó directamente a sus posesiones de Bonanza, y la instaló en la cabaña de troncos tallados de la colina.

La indignación que levantó esta sorpresa no fue por el hecho en sí, por la mujer que Lawrence había elegido, sino por la ceremonia con la que había legalizado la unión. Precisamente la sanción del matrimonio era lo que sobrepasaba la comprensión de aquella gente.

Pero nadie fastidió a Pentfield acerca de ello. Mientras la extravagancia de un hombre no hiere directamente a la sociedad se contenta con dejarle solo; pero a Pentfield no se le negó la entrada en las cabañas de los hombres que tenían esposas blancas. La ceremonia matrimonial le había sacado de su posición de india y le había puesto a salvo de todo reproche moral; pero había hombres que ponían en duda su buen gusto en lo que a mujeres se refería.

Ya no llegaron más cartas de fuera. Seis trineos cargados de correspondencia se habían perdido en el Big Salmón. Además, Pentfield sabía que Corry y su mujer debían hallarse entonces por el camino, en el supuesto de que estuvieran realizando su viaje de novios..., el viaje de novios que había soñado para él durante dos años horribles.

Con este pensamiento sus labios se replegaron en un gesto de amargura, pero la única manifestación que hizo fue mostrarse más afectuoso con Lashka.

Había transcurrido marzo y abril tocaba a su fin, cuando una mañana de primavera Lashka pidió permiso para ir a la cabaña de Siwash Pete, varias millas río abajo. La esposa de Siwash Pete, una mujer de Stewart River, había mandado decir que su hijito no estaba bien y Lashka, que sentía una gran pasión por los niños y que se tenía por muy entendida en materia de enfermedades de la infancia, no desdeñaba la oportunidad de prestar sus cuidados a los niños de otras mujeres más afortunadas que ella.

Pentfield aparejó los perros, y con Lashka sentada detrás, emprendió el camino por el lecho sinuoso del Bonanza. La primavera se cernía en el aire. La dentellada del frío no era tan aguda a pesar que la nieve seguía cubriendo la tierra; el murmullo y el gotear del agua indicaban que el invierno comenzaba a soltar su presa. El fondo del sendero desaparecía, y aquí y allá el camino rodeaba, evitando agujeros recién abiertos. Pentfield, en un punto donde no había lugar para dos trineos, oyó aproximarse el sonido de unas campanillas y detuvo a los perros.

Un tiro de perros de aspecto cansado apareció por el declive, seguido de un trineo excesivamente cargado.

Junto a la lanza iba un hombre, que miró a Pentfield de una manera familiar, y detrás del trineo caminaban dos mujeres. Pentfield bajó y esperó. Se alegró de que Lashka fuera con él. Pensó que el encuentro, aun habiéndolo preparado, no hubiese podido ocurrir en mejores condiciones. Y mientras esperaba, se preguntaba qué le dirían, qué podrían decirle. A ellos les tocaba dar explicaciones y él estaba dispuesto a escucharles.

Cuando estuvieron frente a frente, Corry le reconoció y detuvo a los perros. Le tendió la mano con un: «¡Hola, viejo!»

Pentfield se la estrechó, pero sin calor y en silencio. Entre tanto, llegaron las dos mujeres, y se dio cuenta de que la segunda era Dora Holmes. Se despojó de la gorra de piel, cuyas orejeras llevaba sueltas, le estrechó la mano y se volvió hacia Mabel. Ella se adelantó, espléndida y radiante, pero no se atrevió a coger la mano que él le ofrecía. Él había intentado decir: «¿Cómo está usted, señora Hutchinson?» Pero sin saber cómo, la última palabra se le había atragantado y sólo había logrado articular: «¿Cómo está usted?»

La situación era tan torpe y violenta como se hubiera podido desear. Mabel revelaba la inquietud propia de su posición, mientras Dora, evidentemente traída como pacificadora, decía:

—Pero, ¿qué pasa, Lawrence?

Antes de que pudiera contestar, Corry le tiró de la manga y se lo llevó aparte.

—Oye viejo, ¿qué significa esto? —preguntó en voz baja, señalando a Lashka con los ojos.

—No veo qué interés puedas tener tú en la cuestión, Corry —contestó burlonamente Pentfield.

Pero Corry fue directamente al asunto.

—¿Qué hace esta india en tu trineo? Un negocio sucio del que tendrás que darme explicaciones luego. Y confío que podrás explicármelo. ¿Quién es?

Entonces Lawrence dio el último golpe, y lo dio con cierta altivez tranquila, que pareció compensarle del agravio que le habían inferido.

—Es mi mujer —dijo—. Mrs. Pentfield, si te place.

Corry Hutchinson se quedó con la boca abierta, y Pentfield lo dejó, volviéndose hacia las dos mujeres. Mabel se hallaba perpleja y parecía no comprender nada de todo aquello. Se dirigió a Dora y le preguntó con entera naturalidad:

—¿Cómo te ha probado el viaje? ¿Te molestará el calor de la cama?...

—Y a Mrs. Hutchinson, ¿cómo le ha probado? —le preguntó él inmediatamente, con los ojos fijos en Mabel.

—¡Oh, qué bobalicón! —gritó Dora abrazándole—. Entonces lo has leído también. Ya me parecía que había algo extraño en tu conducta.

—Yo... yo apenas comprendo —tartamudeó Pentfield.

—En el periódico del día siguiente venía enmendado —continuó Dora—. No creímos que llegaras a leerlo. Todos los demás diarios lo pusieron bien, y, claro está, fuiste a leer precisamente ese maldito periódico.

—¡Espera un momento! ¿Qué quieres decir?... —preguntó Pentfield, notando de pronto un miedo en el corazón al sentirse en el borde de un profundo abismo.

Pero Dora prosiguió, con volubilidad:

—Yo soy Mrs. Hutchinson, y tú te habías figurado que era Mabel.

—Así es precisamente —replicó Pentfield muy despacio—. Pero ahora ya lo veo. El reportero confundió los nombres y en Seattle y Portland copiaron el error.

Durante un minuto permaneció callado. Mabel había vuelto el rostro hacia Pentfield, y éste pudo comprobar cómo ardía con el fuego de la esperanza. Corry estaba profundamente preocupado con la rotura de una de las sandalias, mientras Dora miraba de soslayo el semblante inmutable de Lashka sentada en el trineo. Ante Pentfield surgió la visión de un porvenir horrible; se vio montado en un trineo tirado por perros veloces y teniendo al lado a Lashka, la coja. Después habló con toda sencillez, clavando sus ojos en los de Mabel.

—Lo siento mucho. Creí que te habías casado con Corry. Esta mujer que está sentada en el trineo es Mrs. Pentfield.

Mabel se volvió hacia su hermana, extenuada, como si toda la fatiga del largo viaje hubiese descendido de pronto sobre ella. Corry Hutchinson seguía ocupado con sus sandalias. Pentfield pasó la mirada rápidamente de uno a otro semblante. Después se dirigió a su trineo.

—No podemos estar aquí todo el día; nos espera el niño de Pete —dijo.

Silbó el látigo, los perros saltaron sobre el correaje del pecho, osciló el trineo y se lanzó por el camino.

—Oye, Corry —dijo de pronto Pentfield, llamándole de nuevo—. Podéis ocupar la antigua cabaña, ya que no se ha usado mucho. Yo he construido otra en lo alto de la colina.

Y prosiguió su camino, corriendo tras de los perros y el trineo.

FIN

JEES UCK

Capítulo Primero

Hay muchas clases de renunciaciones, pero en su esencia la renunciación es siempre lo mismo. La paradoja consiste en que los hombres y las mujeres renuncian siempre a una cosa muy querida en el mundo, por otra más querida aún.

Tal ocurrió, por ejemplo, con la renunciación de Abraham, el cual estaba dispuesto a renunciar a un hijo al que amaba, por otra que amaba más aún: su Dios, al que servía.

Y determinando que amor es servidumbre, podemos convenir en que Jees Uck, que fue simplemente una mujer de color, amó con un gran amor. Nada sabía de historia, y sólo había aprendido a leer en el gran libro del Norte: los presagios del tiempo y las huellas de la caza. Por tanto, no había oído hablar de Abel y de Caín ni de Abraham. Y como había escapado a las enseñanzas de las religiosas de Holy Cross, nadie le contó nunca la historia de Ruth, la moabita, que renunció a su propio Dios por una mujer de otras tierras, madre de su marido.

Jees Uck sólo había aprendido una forma de renunciación, parecida en cierto modo al temor al palo con que el perro renuncia a un hueso robado. Sin embargo, cuando llegó la ocasión, dio pruebas de ser capaz de elevarse a la altura de las razas superiores y de sacrificarse con entera nobleza.

Ésta es la historia de Jees Uck. Era de raza de color, pero no era india, ni esquimal, ni innuit. Entre sus antepasados se contaba un indio del Yukón, que se casó con una mujer innuit, Olille, la cual era hija a su vez de madre esquimal y padre indio. De ellos nació Halie, que fue abuela de Jees Uck.

Halie se casó con un ruso, mercader de pieles, llamado Schpack y conocido por el sobrenombre del *Big Fat,* «El gordo y grande». El padre de Schpack se había fugado de las minas de Siberia, donde cumplía condena, y allí conoció a Zimba, perteneciente a la tribu de los renos. De su unión, como decimos, nació Schpack, que fue abuelo de Jees Uck.

Schpack fue a Kamchatka, donde, al servicio de la Compañía de Pieles del Zar, cruzó el estrecho de Behring y se internó en la América rusa. En Pastolik se casó con Halie, que, como decíamos, fue la abuela de Jees Uck, y con ella tuvo a la niña Tukesan.

Schpack recorrió el Yukón, llevando consigo a su mujer y a Tukesan, su hijita. En una emboscada de los indios desapareció Tukesan, tras morir sus padres, y entre esos indios creció la niña.

Se casó sucesivamente con dos hermanos, y de ninguno de ellos tuvo hijos, por lo que ya no encontró a ningún indio toyaat que quisiera casarse con ella. Pensaban que no podía tener hijos.

Pero en esa época, muchos centenares de millas más arriba, en Fort Yukón, había un hombre llamado Spike O´Brien. Fort Yukón era un puesto de la Hudson Bay Company, y *Spike,* uno de los empleados de esta poderosa compañía. Era un buen cumplidor de sus deberes, pero opinaba que el servicio era malo y en cierto momento abandonó el puesto.

Viajó por una cadena de puestos, todos ellos también de la compañía, donde por tanto no pudo encontrar trabajo. No le quedaba más remedio que descender por el Yukón, y llegó hasta donde ningún hombre blanco había llegado antes. Pero *Spike* era un celta tozudo, y prosiguió su camino.

Poco después caía extenuado cerca de una aldea de toyaats, y allí conoció a Tukesan, a la que encontró bella y deseable. Prosiguió su camino, dejando embarazada a Tukesan, que dio a luz un hijo, mejor dicho una hija, a la que llamaron Jees Uck. Diremos incidentalmente que O´Brien murió mucho más tarde en una taberna de San Francisco, donde contaba historias tan extraordinarias sobre el Gran Norte que nadie le creía, pese a ser verdad.

Así sabemos ya de dónde procedía Jees Uck, complicada herencia de muchas razas. Creció con su madre Tukesan, que no había seguido a su marido, y creció flexible, esbelta y llena de gracias. Tenía incluso una imaginación que sólo podía ser producto de la herencia celta de su padre.

Un cuerpo hermoso, una tez no amarillenta, sino casi sonrosada, unas fuerzas que probablemente heredara de su antepasado ruso y, finalmente, unos ojos grandes y negros que mostraban la unión de razas oscuras con razas claras. Diremos aún que su herencia europea la hacía en cierto modo más ambiciosa que las mujeres entre las que vivió y creció.

Y cierto invierno, Neil Bonner se introdujo en su vida. Cierto que algo forzadamente, pero se introdujo. Veamos quién era Neil Bonner. Había llegado a aquellas tierras contra su voluntad, procedente de los Estados Unidos. Era hijo de un padre cuya principal ocupación consistía en cortar los cupones de sus acciones, y una madre entregada a la vida de sociedad. Neil Bonner salió algo disoluto. No era un vicioso, pero como estaba bien alimentado y sin preocupaciones, se dedicó a una existencia de diversión, hasta que su padre se dio cuenta de que había criado a un vago y a un perdulario.

Asustado, consultó con sus socios y decidieron que Neil debía hacerse un hombre. Como todos ellos eran accionistas de la P. C. Company, que explotaba inmensas tierras en Canadá y Alaska, decidieron enviar al joven Neil al Norte, para convertirlo en un tipo de provecho, o al menos enderezarlo.

—Unos cuantos años de vida sencilla y alejado de toda tentación, como coristas y carreras de caballos, harán de ti un hombre —declaró el magnate. Y dicho tal, volvió a dedicarse a sus cupones y a sus rosas.

¿Qué iba a hacer Neil? O eso, o no recibir un céntimo. Agachó la cabeza y se puso al trabajo. Cumplió su deber como cualquier subordinado y se hizo digno de sus superiores en una solitaria factoría situada en un lugar que en los mapas sólo es un gran espacio en blanco.

Durante el primer año, deseó morir.

El segundo, maldijo a Dios.

El tercero, osciló entre ambas emociones y, confuso como estaba, se peleó con uno de sus jefes. Llevó la mejor parte en la riña, pero el otro dijo la última palabra, una palabra que envió a Neil a un desierto tal que le hizo parecer su anterior alojamiento como un paraíso.

No obstante, marchó al destierro sin una queja, porque su estancia en el Norte le había convertido en un hombre.

Aquí y allá, en los espacios blancos del mapa, se encuentran pequeños círculos parecidos a una «o», y junto a ellos nombres tales como Fort Hamilton, Yanana Station, Twenty Mile, y uno se figura aquellos espacios blancos poblados de aldeas y ciudades. Nada más lejos de la realidad.

Twenty Mile, muy parecido a los demás puestos, es un simple edificio, construido con troncos, con un despacho de comestibles en un ángulo y en la parte superior habitaciones que se pueden alquilar.

En la parte trasera, montado sobre altas estacas, hay un depósito para las reservas y dos pabellones más. El patio posterior no está cercado, y se extiende mucho más allá de la línea del horizonte. La mirada no descubre otras viviendas, pese a que los toyaats plantan algunas veces sus campamentos de invierno una o dos millas más abajo, a orillas del Yukón. Esto es Twenty Mile, uno de los muchos tentáculos de la P. C. Company.

Aquí, el agente y su ayudante comercian en pieles con los indios y cambian el polvo de oro de los mineros que cruzan por allí, mientras esperan durante un largo invierno la llegada de la primavera. Y aquí fue donde Neil Bonner llegó para tomar posesión de su cargo el cuarto año de su residencia en Canadá.

El hombre que dirigía el puesto se había suicidado hacía unos meses, «a causa de lo riguroso del clima», según dijo el ayudante, que aún continuaba allí, pero los toyaats que acampaban cerca eran de otro parecer. El ayudante era un hombre de pecho hundido, rostro de cadáver y mejillas cavernosas, que trataba de disimular con unas grandes barbas negras.

Tosía mucho, lo que podía ser indicio de que la tisis se había instalado en sus pulmones, y sus ojos ardían con brillo calenturiento, que también es síntoma de esa enfermedad.

Se llamaba Amos Pentley y Bonner no simpatizó con él, pese a sentir compasión por aquel pobre diablo, desamparado y sin esperanzas. Y sin embargo, eso hubiera sido necesario, ya que tenían obligatoriamente que pasar juntos los largos meses de frío y oscuridad del invierno ártico.

Finalmente, y pese a los esfuerzos que hizo por mostrarse amistoso con Pentley, Bonner concluyó que su compañero estaba algo loco, y le dejó solo, haciendo él todo el trabajo, excepto guisar. Amos sólo tenía miradas para él, miradas duras y recelosas, lo cual resultaba muy desagradable para Bonner, hombre sincero y cordial. Bonner comprendió pronto que quizá una de las causas que le habían llevado a quitarse la vida a su antecesor no había sido otra que la de convivir con aquel tipo.

Capítulo II

Twenty Mile era muy solitario. Por todo el horizonte se extendía la pálida inmensidad. La nieve, completamente helada, extendía su manto sobre la tierra entera y lo cubría todo con un silencio de muerte.

Durante muchos días, fríos y despejados, el termómetro registró continuamente cuarenta o cincuenta grados bajo cero. Luego, la cosa cambió de aspecto. Toda la humedad que rezumaba la atmósfera se condensó en nubes informes de un gris sombrío: casi llegó a hacer calor al elevarse la temperatura a veinte grados bajo cero, y la humedad cayó de las alturas en forma de duros granitos que al ser pisados crujían como el azúcar.

Despejó de nuevo el tiempo y volvió de nuevo el frío extremo hasta que hubo humedad suficiente para proteger la tierra del frío y vuelta otra vez a las nubes grises.

Y eso era todo. Ni tormentas, ni lluvias violentas, ni bosques sacudidos... Sólo aquella precipitación continua de la humedad acumulada. Por último, hasta el mercurio se heló en los termómetros, cuando la temperatura llegó a los setenta grados. Luego ya no pudieron saber qué temperatura hacía.

Neil Bonner era un animal sociable. Precisamente, las mismas locuras que ahora estaba purgando eran hijas de esa sociabilidad. Y en el cuarto año de su destierro se veía encerrado con un ser mudo y triste, cuyos ojos sombríos ardían invariablemente con un odio tan amargo como injustificado.

Bonner, para quien el hablar y el compañerismo eran imprescindibles, iba de un lado a otro de la casa, como un espectro, atormentado por sus recuerdos de fiestas y jolgorios. Durante el día apretaba los labios y conservaba un semblante impasible, pero por la noche se revolvía entre sus mantas y hasta llegó a llorar como un niño pequeño.

Y aquí, al puesto de Twenty Mile, llegó Jees Uck para cambiar por harina y tocino collares y telas brillantes, frutos de su fantástico trabajo. Eso fue la primera vez. Luego continuó viniendo, instintivamente, sin darse cuenta de que con ello acentuaba aún más la soledad de Neil que no había olvidado que era un hombre.

La primera vez que entró en el almacén, él la contempló largamente, como el sediento mira la corriente de agua, y ella le miró sonriente, no como sonreían las gentes de color a los blancos, sino como sonríe una mujer a un hombre.

El resultado era inevitable, sólo que no quiso verlo, y se defendió fieramente, aunque por las noches soñaba con ella. Pero, ¿y Jees Uck? Ella, por sus costumbres, era una india toyaat y no estaba acostumbrada a psicologías propias de las razas civilizadas.

Volvió al puesto con frecuencia para cambiar sus mercancías, y a menudo se sentaba junto a la enorme estufa y charlaba con Neil en un inglés espurio. Y él comenzó a asomarse para verla llegar, y los días que no venía se los pasaba inquieto y malhumorado. A veces se detenía a reflexionar y la trataba con frialdad, lo cual la dejaba a ella perpleja y ofendida.

Pero la mayor parte de las veces no se atrevía a reflexionar, y entonces todo iba bien y volvían las risas y la alegría. Y Amos Pentley los contemplaba irritado y tosía. Él, que amaba la vida, sabía que no viviría mucho, y que otros pudieran gozar de la vida le molestaba. Odiaba a Bonner por este motivo, al verlo robusto y riendo con Jees Uck, y sólo el pensar en la muchacha le provocaba un nuevo ataque de fiebre.

Jees Uck era sencilla y sus ideas elementales. No analizaba las sutilezas de la vida, y por eso comprendió a Pentley al instante, leyendo en él como en un libro. Advirtió a Bonner con pocas palabras, pero él se rió de ella. Para Bonner, Amos era un infeliz, un pobre diablo con un pie en la tumba y nada más. Estaba dispuesto incluso a perdonarle su misantropía y su odio.

Capítulo III

Una mañana, tras discutir con Pentley, se levantó de la mesa en que estaba desayunando y fue al almacén. Jees Uck ya estaba allí, con las mejillas sonrosadas —su sangre eslava y celta—, para comprar un saco de harina. Unos minutos después salió Bonner a la nieve, para atar el saco de harina al trineo.

Al agacharse, sintió un envaramiento en la nuca y tuvo un súbito presentimiento, el presentimiento de una posible desgracia. Cuando hubo hecho el último nudo, y pretendió erguirse, le entró un súbito espasmo y cayó sobre la nieve.

Con el cuerpo rígido, la cabeza hacia atrás, los miembros extendidos, la espalda arqueada y la boca torcida, parecía un epiléptico. Jees Uck se precipitó hacia él pero en el espasmo él apretaba los puños, y mientras duraron las convulsiones le fue a ella imposible hacer nada para aliviarlo.

Al cabo de unos instantes cedió el espasmo, y quedó débil y extenuado, con la frente bañada en sudor y la boca llena de espuma.

—Pronto —dijo débilmente a la muchacha—. Pronto, vamos adentro.

Trató de arrastrarse, apoyándose en las manos, pero ella, que era muy fuerte, lo levantó y, sostenido por su brazo, el hombre entró en el almacén, donde le repitió el espasmo. Amos Pentley acudió y le contempló con curiosidad.

—¡Amos! —gritó la muchacha—. Él muere, ¿verdad?

Amos se encogió de hombros y continuó mirando.

El cuerpo de Bonner volvía a relajarse, los músculos se distendían y en su semblante apareció una expresión de alivio.

—¡Pronto! —murmuró entre dientes, torciendo la boca para reprimir el espasmo que sabía volvería a producirse muy pronto—. ¡Pronto, Jees Uck, medicina! ¡Llévame la medicina!

Ella sabía dónde se hallaba el botiquín, en la parte posterior de la casa. Cogió a Neil por las piernas y arrastró hacia allí el cuerpo que volvía a debatirse. Tan pronto como el acceso pasó, él comenzó a revolver en el botiquín. Había visto morir a perros con los mismos síntomas que él presentaba y sabía lo que debía hacer.

Tomó un frasco de hidrato de cloral, pero sus dedos estaban demasiado agarrotados para quitar el corcho. Jees Uck lo hizo por él, mientras le acometía una nueva convulsión. Cuando le pasó, le presentó la botella destapada. Mientras ingería una fuerte dosis, vio en los ojos de ella lo que muchos hombres han visto en los ojos de una mujer enamorada.

Hubo otro espasmo, pero salió de él rápidamente. Se incorporó apoyándose en un codo.

—Escucha, Jees Uck, ¡escúchame bien! —dijo pronunciando lentamente—. Haz lo que voy a decirte. Permanece a mi lado, no me abandones, pero no me toques. Necesito estar muy quieto, pero tú no debes... dejarme solo... ni un momento.

Con los primeros dolores comenzaron a paralizársele las mandíbulas y a descomponérsele el semblante, pero tragó las pastillas con agua, obligándose a hacerlo.

—¡No te marches! —dijo entre jadeos—. No te marches, pero no dejes que Amos se vaya.

Jees Uck asintió con la cabeza. Él pasó por otro período de convulsiones, que gradualmente fueron cediendo en intensidad. Una de las veces, Amos, intranquilo al parecer, hizo ademán de entrar en la cocina, pero un relámpago de los negros ojos de la muchacha le detuvo. Se contentó con toser cavernosamente.

Bonner se durmió. Amos, siempre seguido por los ojos de la muchacha, encendió la lámpara de petróleo. Llegó la noche, y a través de la ventana del norte vieron los brillos de una aurora boreal.

Poco tiempo después, Bonner se despertó. Primero, miró si Amos continuaba allí y luego sonrió a Jees Uck. Después se levantó. Tenía los músculos envarados y doloridos y se pinzaba con los dedos para comprobar la extensión del daño. Luego, su rostro se ensombreció.

—Jees Uck —dijo—. Toma una vela y entra en la cocina. Encima de la mesa hay comida, galletas, judías y tocino. En la cafetera queda café. Tráelo todo aquí al mostrador. Trae también vasos, y agua y whisky que encontrarás en el armario. No te olvides del whisky.

Tras haber tragado un vaso de licor, se puso a buscar en el botiquín, extrayendo de él algunos frascos, que dejó a un lado. Trabajaba de pie e intentaba hacer un análisis rudimentario. En su época de la Universidad y del colegio había hecho pruebas de laboratorio, y tenía imaginación suficiente como para trabajar incluso con tan pobre material como allí había.

Hizo varias pruebas. Nada en el café, ni en las judías. Dedicó mayor atención a la galleta. Mientras, Amos le contemplaba con inquieta curiosidad, y Jees Uck no apartaba sus ojos de las manos de su hombre y de la cara de Amos.

Paso a paso, Bonner fue eliminando posibilidades hasta llegar a la última prueba. Usaba como tubo un estrecho frasco de medicina y lo sostenía ante la luz, observando la lenta precipitación de una sal mediante la disolución contenida en el tubo.

No dijo nada, pero vio lo que esperaba ver. Y Jees Uck leyó en sus ojos algo que la hizo saltar como un tigre sobre Amos, al que derribó al suelo y lo sujetó allí con una rodilla.

Había desenvainado el cuchillo y éste brillaba a la luz de la lámpara, presto a partir el corazón del hombre. Amos gruñía, pero no se atrevía a hablar.

Bonner intervino:

—Eres una buena muchacha, Jees Uck —le dijo—. Pero no le mates. Déjalo.

Ella obedeció, y dejó al hombre, aunque con renuencia. Bonner tocó a Amos con su pie calzado con la bota.

—Levántate, Amos. Vas a hacer el hato esta misma noche y a emprender el camino.

—¡No puedes hacer...!

—Has tratado de matarme —respondió Neil fríamente—. Mataste a Birdsall, pese a que la Compañía creyó que se trataba de un suicidio. Conmigo usaste estricnina, y sólo Dios sabe lo que usaste con él. Yo no puedo ni quiero ahorcarte, porque estás ya muy cerca de la muerte, pero Twenty Mile es muy pequeño para los dos. Hasta Holy Cross hay doscientas millas. Puedes recorrerlas si dosificas bien tus fuerzas. Te daré un trineo y tres perros. Ésa es tu oportunidad. No avisaré a la Compañía hasta la primavera. Mientras tanto, puedes morirte si quieres. ¡Afuera!

Cuando Amos se perdió en la noche, Jees Uck le rogó que se metiera en la cama, ya que aún estaba enfermo.

—Eres una buena muchacha —repitió él—. Pero debes volver a tu casa. No debes quedarte aquí.

—No te gusto, entonces —dijo ella.

—Demasiado, Jees Uck, me gustas demasiado.

Ella se marchó. Neil Bonner, solo, comprendió que se volvería loco si continuaba así. Escribió a Fort Hamilton pidiendo que le enviaran un compañero, pero le contestaron que el único que hubiera podido ir se había roto una pierna. Para colmo de desdichas, los toyaats se habían ido tras de una manada de caribús, y Jees Uck con ellos. Al saberla lejos, la echó más de menos que nunca y empezó a pensar en ella continuamente. Salía del almacén con frecuencia, furioso, con la cabeza desnuda, expuesto a morir de frío y luego volvía a entrar para sentirse más solitario aún.

Incluso llegó a meter en la cabaña a uno de sus perros, para hacerse la ilusión de que compartía su soledad con un ser humano, pero el animal, no acostumbrado al encierro, se metió en un rincón gruñendo, e incluso llegó a morderle en una pierna. Tras esto, lo soltó de nuevo y continuó su calvario.

Capítulo IV

Un día, en pleno invierno, se detuvo en Twenty Mile el padre Champreau, un misionero jesuita.

Bonner se le echó encima, lo arrastró al interior del puesto, y lloró sobre su hombro, tanto que el sacerdote, conmovido, lloró con él.

Luego se rió como un loco y preparó un festín espléndido, jurando que su huésped no se marcharía hasta la primavera, pero el jesuita necesitaba ir a Salt Water para un asunto urgente de su orden, y partió a la mañana siguiente, mientras Bonner le amenazaba con quitarse la vida de un disparo si le dejaba solo.

Y estaba a punto de cumplir la amenaza, cuando los toyaats regresaron a su campamento de invierno, tras una larga cacería. Llevaban muchas pieles y en Twenty Mile hubo mucho negocio y movimiento.

Jees Uck vino también a vender sus collares y otros objetos, y Bonner comenzó a recobrar parte de su tranquilidad. Durante una semana se defendió de los sentimientos que le ahogaban, pero una noche, cuando Jees Uck se ponía en pie para partir, llegó el desenlace.

—Me voy ahora —dijo ella—. Buenas noches, Neil.

Él la siguió.

—No te vayas —dijo.

Ella volvió el rostro hacia él, y Neil se inclinó y la besó en los labios. Las costumbres toyaats no incluyen el beso en la boca, pero ella comprendió lo que quería decir y se sintió feliz.

Con la llegada de la muchacha, todo pareció iluminarse. La felicidad de ella era un regalo para sus sentidos y un manantial de deleites. Las sencillas costumbres de ella constituían una fuente de sorpresas para el hombre civilizado.

No solamente era un consuelo en su soledad, sino que sus maneras primitivas refrescaron su mente fatigada. En una palabra, en Jees Uck encontró la juventud del mundo, la fuerza y la alegría de vivir.

Y para colmo de venturas, llegó a Twenty Mile un tal Sandy MacPherson, un hombre tan sociable como jamás había conocido otro Bonner. Ello impidió que al estar solos tanto tiempo, Jees Uck y Neil pudieran llegar a cansarse entre sí. El jesuita lo había encontrado doscientas millas arriba y le había hablado de la desesperación de Bonner, con lo que MacPherson había decidido «hacerle una visita» como decía.

Por otra parte, había perdido un socio en un accidente. El jesuita no tuvo más que decirle que otro hombre se encontraba solo, como él, y allí se dirigió Mac.

Ni que decir tiene que fue bien venido. Resultó un verdadero hermano para Neil y para Jees Uck. Se llevaba a Bonner a cazar y a colocar trampas para lobos. Bonner le enseñó un viejo y raído tomo de comedias de Shakespeare, y juntos declamaron sus versos a los perros. Y en las noches interminables jugaban a los naipes y discutían acerca del universo entero, mientras Jees Uck les remendaba los calcetines.

Llegó la primavera. El sol apareció por el sur, y la tierra cambió su ropaje invernal por otro risueño y alegre.
La luz invitaba a la vida, los días se alargaban dulcemente y las noches pasaban con rapidez.

El río se libró de sus hielos y hubo movimiento y bu-
llicio, y caras nuevas y acontecimientos recientes. Llegó
por fin un ayudante a Twenty Mile y Sandy MacPherson
partió hacia la región de Koyokuk. Jees Uck le miró partir, preocupada, porque sabía que Neil le echaría de menos, ya que era uno de los suyos.

Capítulo V

Neil Bonner se enteró de la muerte de su padre sin sentirlo demasiado. Recibió una carta de perdón, dictada en sus últimos momentos. Había también cartas de la Compañía ordenándole con benevolencia que hiciera el traspaso de poderes a su ayudante y permitiéndole partir de nuevo al Sur cuando lo creyera conveniente. Unos abogados le escribieron reclamando su presencia, debido a las cuestiones de la herencia. Su madre también le escribió pidiéndole que volviera.

Neil Bonner lo pensó, y cuando el *Yukón Belle* llegó a la orilla, de paso para el mar de Behring, partió de Twenty Mile. Partió con la vieja mentira, que en sus labios parecía nueva, de que en breve volvería.

—Volveré, Jees Uck, antes de que caigan las primeras nieves —le prometió cuando le daba el último beso. Y lo cierto es que pensaba que decía la verdad.

Había dado órdenes a Thompson, el nuevo agente, para que extendiera a Jees Uck un crédito ilimitado, y cuando ya el barco partía vio cómo un grupo de hombres plantaba los primeros troncos para la construcción de una hermosa cabaña en la que vivirían Jees Uck y él, y que debería estar construida antes de que cayesen las primeras nieves. Y todo eso lo creía él firmemente.

Quería a Jees Uck, y la región ofrecía un porvenir dorado, que esperaba realizar con el dinero heredado de su padre: pensaba nada menos que convertirse, con la ayuda de la Compañía, en el Rhodes de Alaska.

Así pensaba: tan pronto como resolviera todos los asuntos de la herencia y consolado a su madre, volvería en el primer buque que zarpase, para reunirse con la mujer a la que amaba.

Capítulo VI

Un gran revuelo se produjo en San Francisco a la vuelta de Neil Bonner de las regiones árticas. Se le agasajó, se le buscó, se le mimó y él se dejó mimar. Venía aureolado por la aventura. ¡Había estado allá donde pocos se atrevían a ir! No sólo estaba curtido por la intemperie, sino que bajo aquella piel había un hombre nuevo, serio, firme, y con una clara visión de las cosas.

Sus antiguos compañeros de francachelas se quedaron admirados cuando se negó a seguirles a los lugares que antes frecuentaron, a los bares y a los lupanares de lujo. El socio de su padre se frotaba las manos al verlo, convertido en una autoridad entre la juventud y en un modelo a imitar.

Durante cuatro años, la inteligencia de Neil Booner había permanecido estacionaria. Había añadido poco a sus conocimientos, pero lo que había aprendido era a seleccionar las cosas que valían o no la pena.

En la soledad había tenido tiempo suficiente como para pensar y organizar la masa confusa de sus experiencias. Las ideas superficiales, por ejemplo, se las había llevado el viento y en su lugar había otras, fundamentadas en generalizaciones más amplias y profundas.

Respecto a la civilización, había partido con una serie de valores y volvía con otra. Ahora podía aquilatar su

fuerza y sus debilidades. Desenvolvió una filosofía pequeña y sencilla. El deber cumplido, el trabajo honrado y el
estar de acuerdo siempre consigo mismo.

Al principio se entregó a la ciudad.

Su reciente contacto con la tierra y su concepto de la
humanidad le hizo aficionarse a la civilización. Se reunía
con la gente que le agradaba y a la que respetaba y el
mundo, en el cemento de la ciudad, le parecía más grande. Poco a poco, Alaska fue quedando relegada en su recuerdo, ante las nuevas imágenes que se ofrecían a sus
ojos. Parecía menos real, como si hubiera sido un sueño.
Se alejaba de él poco a poco, insensible, pero seguramente.

Fue entonces, precisamente entonces, cuando conoció a Kitty Sharon, una muchacha de su misma raza, de
su misma civilización y de su mismo medio social. Y
cuando ella puso una mano en la suya, le hizo olvidarse
de que precisamente en ese momento comenzaban a
caer las primeras nieves en el Yukón.

Capítulo VII

Jees Uck se había trasladado a su magnífica casa de troncos, y durante los tres meses del verano soñó y vivió en ella. Luego llegó el otoño, precediendo al impetuoso avance del invierno.

El aire se hizo sutil y cortante y los días se abreviaron. El agua del río se enturbió y en los remansos comenzaron a formarse capas de hielo.

La vida nómada se dirigió hacia el sur, y el silencio descendió sobre el país. Llegaron las primeras borrascas de nieve y el último buque que regresaba encalló en la masa de hielo.

Éste se fue endureciendo progresivamente, hasta formar superficies sólidas y el hielo llegó al nivel de las orillas. Cuando esto ocurrió, el río dejó de correr y los breves días se fundieron en la oscuridad.

John Thompson se reía, pero Jees Uck creía en la fatalidad del mar y del río: Neil Bonner debía haberse helado en algún lugar entre el paso de Chilkoot y el de Saint Michel, porque los últimos viajeros del año se veían siempre sorprendidos por los hielos al cambiar los botes por los trineos y lanzarse durante largas horas arrastrados por los veloces perros.

Pero por ninguno de los caminos llegó Neil, y Thompson, con cierta alegría, mal disimulada, le dijo a Jees Uck que Neil no regresaría nunca. Al mismo tiempo, y con brutalidad, se presentó a la mujer como el único partido matrimonial posible.

Jees Uck se rió de él y volvió a su espaciosa casa de troncos. Pero cuando cerró el crudo invierno, cuando murió la esperanza, Jees Uck se encontró con que no tenía crédito en el almacén: Thompson se lo había cerrado, mientras se frotaba las manos y pensaba que esto haría cambiar a Jees Uck de opinión sobre él. Esperó. La joven vendió su tiro de perros a unos mineros y pagó sus alimentos al contado. Y cuando Thompson se negó incluso a recibir su dinero, los indios toyaats le hicieron sus compras y de noche, en trineo, sin que nadie los viera, se los llevaban a la casa de la mujer de su raza.

En el mes de febrero llegó la primera correspondencia, sobre el hielo. John Thompson leyó en las notas de sociedad de un periódico que tenía cinco meses de atraso la noticia de la boda de Neil Bonner con Kitty Sharon. Inmediatamente se dirigió a la casa de Jees Uck y se lo leyó, mientras ella mantenía la puerta entreabierta sin dejarle entrar.

Cuando terminó, ella se rió con orgullo y no lo quiso creer. En el mes de marzo, y cuando estaba completamente sola, dio a luz un niño, que llegó a la vida berreando valientemente y que la dejó maravillada. Un año después, Neil Bonner quedaba igualmente admirado ante otra nueva vida que acababa de llegar al mundo, una preciosa niña.

Capítulo VIII

La nieve desapareció de la tierra y el hielo del Yukón se puso en movimiento. El sol hacía de nuevo el viaje de norte a sur y Jees Uck, habiéndosele concluido el dinero que le produjo la venta de los perros, se volvió con los suyos.

Oche Ish, hábil cazador, le ofreció proporcionarle y coger salmones para ella y su niño, si consentía en casarse con él. Idénticas proposiciones le hicieron Hah Yo y Wy Nooch, todos ellos bravos cazadores.

Pero ella prefirió vivir sola y procurarse su propio alimento. Cosía sandalias, parkas y mitones, prendas muy útiles y que adornaba con bordados de lana, de cuentas de vidrio y de pelo. Los vendía a los mineros, que cada año se internaban más en el país, y no solamente ganaba dinero sino que incluso ahorraba.

Un día tomó pasaje en el *Yukon Belle,* que descendía el río.

En el puesto de Saint Michel se quedó empleada para lavar los platos en la cocina. Los criados de la Compañía se extrañaron ante aquella mujer y aquel niño tan singulares, pero nada le preguntaron y ella nada les dijo.

Y antes de que el mar de Behring se cerrara aquel año, compró un pasaje para el Sur y se marchó en una goleta que pasaba por allí. Durante todo ese invierno estuvo como cocinera en casa del capitán Markeim, en Unalaska, y en la primavera continuó hacia Sitka, más al sur, a bordo de un bergantín cargado de whisky.

Más tarde apareció en Metlakathla, cerca de St. Mary, al extremo del Pan-Handle, donde trabajó en la preparación de salazones en la época del salmón.

Cuando llegó el otoño, y los pescadores se disponían a volver a Puget Sound, se embarcó en compañía de otras dos familias en una espaciosa canoa de cedro, y con ellos atravesó el peligroso mar de las costas de Alaska y Canadá, hasta pasar el estrecho de Juan de Fuca. Por último, con su hijito de la mano, pisó el áspero pavimento de Seattle.

Allí se encontró con Sandy MacPherson, quien se sorprendió mucho al verla y se indignó al conocer su historia, aunque no tanto como se hubiera indignado al saber lo de Kitty Sharon, pero de ella nada dijo Jees Uck, porque en realidad nunca lo había creído.

Sandy, que en todo aquello no veía más que un vulgar y vil abandonó, trató de disuadirla al saber que pensaba viajar a San Francisco, donde suponía que vivía Neil Bonner cuando estaba en su casa.

Y después de haberse esforzado en vano por disuadirla, procuró consolarla, le compró los billetes y la instaló en un tren, mientras por lo bajo tildaba a Neil de «sinvergüenza y canalla».

Durante días y noches, oscilando, balanceándose desde la aurora al ocaso, subiendo a las nieves invernales y bajando a calurosos valles, bordeando abismos, cruzando barrancos, Jees Uck y su hijo viajaron hacia el sur.

Pero ni la asustó el «caballo de hierro» ni la asombró la imponente civilización de los hombres blancos. Por el

contrario, comprendió la imposibilidad de que un hombre de aquella raza, casi sobrehumana, la hubiese tenido a ella en sus brazos.

El griterío ensordecedor de San Francisco, con su incesante trajín de embarcaciones, el humo vomitado por sus fábricas y su tráfico atronador, no la aturdieron, sino que le hicieron percatarse de la sordidez de Twenty Mile y de las viviendas de pieles toyaats. Y dirigiendo los ojos al niño que caminaba cogido de su mano, se maravilló de haberle concebido de un hombre de aquella raza.

Capítulo IX

Pagó cinco dólares a un cochero y subió la escalinata de piedra que conducía a la puerta principal de la casa de Neil Bonner. Un japonés de ojos más oblicuos que los suyo discutió con ella durante un rato, sin ningún resultado. Por tanto, la hizo entrar y desapareció.

Permaneció en el hall, que ella en su sencillez creyó que sería el salón de la casa, donde estaban expuestos los tesoros de la familia. Las paredes y el techo artesonado eran de madera roja, pintada al óleo. El suelo era más resbaladizo que el hielo y ella se colocó sobre una de las grandes pieles que en aquella superficie encerada le daba una mayor sensación de seguridad.

Una chimenea enorme, que ella imaginó innecesaria, se abría en la pared del fondo. Había también una figura de mármol de una mujer desnuda, que le hizo parpadear, asombrada.

Vio todo esto y mucho más hasta que el criado de ojos oblicuos, pero que no era un esquimal ni un indio, la condujo por un segundo salón, luego por un tercero, que apenas pudo vislumbrar, pero que le dieron la sensación de que la casa era tan grande como una pradera.

Por primera vez, desde su llegada a la civilización, se sintió dominada por un sentimiento de respeto. ¡Su Neil vivía en aquella casa, respiraba aquel aire y por la noche dormía allí!

Le parecía imposible. ¡Todo era tan hermoso...! Y detrás de todo ello presentía la sabiduría y la fuerza de los hombres que lo habían construido.

Luego llegó una mujer.

Era de porte majestuoso y su cabeza estaba coronada por una aureola de cabellos semejantes al sol. Andaba hacia Jees Uck con movimientos fáciles, casi como si bailara. Nunca vio nada tan bello.

Ella sabía, como mujer que era, que tenía atracción sobre los hombres. Lo probaban Oche Ish, Imego, Hah Yo y Wy Nooch, sin hablar ya de Neil Bonner y de John Thompson, e incluso otros hombres blancos que habían fijado en ella sus miradas. Pero cuando vio los ojos azules, el cutis rosa de la mujer, comprendió que jamás podría competir con ella. Se sintió insignificante ante aquella criatura deslumbradora.

—¿Desea usted ver a mi esposo? —preguntó la mujer.

Jees Uck quedó admirada por el sonido de aquella voz argentina que jamás había lanzado, estaba segura, gritos roncos a los perros huskies, ni se había endurecido al luchar contra el viento y las tempestades, cuando hay que hablar a gritos.

—No —respondió lentamente—. Vengo a ver a Neil Bonner.

—Es la misma persona —respondió riendo la mujer—. Mi esposo es Neil Bonner.

Luego... ¡era verdad! John Thompson no había mentido aquel día en que ella le cerró la puerta en las narices.

Y exactamente igual que en aquella otra ocasión saltó sobre Amos Pentley, lo sujetó en tierra con la rodilla y levantó el cuchillo, así se sintió ahora impulsada a saltar sobre aquella mujer, tumbarla en el suelo y arrancarle la vida de su hermoso cuerpo.

Pero fue éste un pensamiento tan rápido que ni siquiera llegó a exteriorizarse en sus negras pupilas. Kitty Bonner no supo nunca lo muy cerca que había estado de morir.

Jees Uck movió la cabeza, dando a entender que comprendía, y Kitty le explicó que esperaba a su marido de un instante a otro.

Después se sentaron en sillas ridículamente frágiles y Kitty trató de entretener a su extraña visitante, la cual, por su parte, intentaba ayudarle para que consiguiera su propósito.

—¿Conoció usted a mi esposo en el Norte? —preguntó Kitty.

—Yo lavaba su ropa —respondió ella. Y de pronto, y casi sin advertirlo ella misma, su inglés era aceptablemente bueno, se hizo más gutural y menos claro.

—¿Y éste es su hijo? Yo tengo una niña.

Kitty hizo que le trajeran a su hijita, y mientras los niños, a su manera, entablaban una dificultosa relación, las mujeres hablaron de cosas de madres y bebieron té en tazas tan frágiles que Jees Uck temió romperlas entre sus recios dedos.

Nunca había visto cosas tan exquisitas y tan poco útiles, comparándolas con las tazas de loza de los comedores en los que había estado y las calabazas de los campamentos toyaats.

Se sintió derrotada sin haber luchado siquiera. Allí había una mujer digna de tener hijos de Bonner, de cuidarlos y de educarlos. Si la raza del hombre era superior a la suya, también las mujeres resultaban superiores a ella.

Se fijó en el color rosa de la tez de Kitty y la comparó con su propio rostro atezado. Miró aquellas manos y las comparó con las suyas, deformadas por el trabajo. Y sin embargo, pese a la fragilidad que parecía encerrar aquel cuerpo, Jees Uck comprendió oscuramente que era una mujer fuerte y resuelta. Había algo en sus ojos que así se lo decía a la viajera.

Capítulo X

—¡Caramba! ¡Pero si es Jees Uck! —dijo una voz.

Y Neil Bonner entró en la habitación.

Lo dijo muy sereno, con acento de alegre cordialidad. Fue hacia ella y le estrechó ambas manos, pero al mismo tiempo clavó en sus ojos una mirada de inquietud que ella captó.

—Hola, Neil —exclamó ella—. Estás muy bien.

—Muy bien, Jees Uck —respondió Neil afectuosamente, pero observándola con disimulo tratando de adivinar por su expresión si había ocurrido algo entre las dos mujeres mientras permanecieron solas.

Sin embargo, conocía demasiado bien a su mujer para no saber que, si así había sido, algo en su rostro se lo diría. Al menos, si había sido lo que temía, o sea, lo peor.

—Bueno, no puedo expresar lo contento que estoy al verte —continuó—. ¿Qué ha sucedido? ¿Has dado con una mina? ¿Cuándo llegaste?

—¡Oaoh! He llegado hoy mismo —repuso ella. Su acento se hacía cada vez más cerrado y gutural—. No, no encontré mina, Neil. ¿Conoces al capitán Markeim, de Unalaska? Estuve mucho tiempo de cocinera en su casa, sí. No gasté dinero. Gané bastante y muy bien, pensé: voy a ver el país del Hombre Blanco. Muy hermoso, país del Hombre Blanco. ¿Eh?

Neil se sorprendió ante su inglés, pues tanto Sandy como él habían perfeccionado constantemente su dicción, y ella se había mostrado como una discípula muy apta.

Ahora, en cambio, parecía haberse hundido de nuevo en su raza. Su rostro era inocente, casi estúpido, sin expresión alguna.

Así mismo le desconcertaba el semblante de Kitty. ¿Es que había sucedido algo? ¿Qué es lo que habían hablado entre ellas? ¿Había conjeturado, sospechado algo su mujer? Se sentía algo inquieto.

Mientras se debatía en estos pensamientos, no podía saber que Jees Uck luchaba con su propio problema. Jamás le había parecido aquel hombre tan grande y tan admirable, jamás se había sentido tan atraída hacia él.

Hubo unos instantes de silencio.

—Pensar que conoció usted a mi marido en Alaska... —dijo Kitty con dulzura—. El mundo parece muy pequeño a veces.

¡Conocerlo! Jees Uck no pudo evitar lanzar una mirada hacia el niño que había concebido de aquel hombre, y los ojos de Neil siguieron mecánicamente la mirada de la mujer hasta la ventana donde jugaban los dos chiquillos.

A Neil le pareció que una banda de hierro le oprimía la frente. Le temblaron las piernas y su corazón latió violentamente. ¡Su hijo! ¡Ni siquiera había pensado en que ella pudiera quedar embarazada!

La pequeña Kitty Bonner, una especie de hada pequeñita envuelta en telas livianas con las mejillas sonrosadas y los ojos azules, estiraba los brazos y tendía los labios, esforzándose en besar al muchachito.

Éste, delgado, flexible, de cutis atezado y oscuros ojos, vestido con piel, correspondía fríamente, con el cuerpo erguido, a las insinuaciones de la niña. Extranjero en tierra extraña, desconocedor del miedo y la vergüenza, parecía un animalito indómito, silencioso y vigilante, y pasaba rápidamente sus oscuros ojos de uno a otro semblante, quieto mientras durase la quietud de los demás, pero dispuesto a saltar y a combatir, a romper y desgarrar, a luchar por su vida, a la primera señal de peligro.

El contraste entre ambos niños era sorprendente, pero ninguna lástima inspiraba el pequeño al lado de la sofisticada niña. Había para ello demasiado vigor en el heredero de la sangre de Schpack, *Spike* O´Brien y de Neil Bonner. En sus facciones talladas como las de un camafeo y que tenían algo de clásico, había la energía y decisión de su padre y de sus abuelos.

Neil Bonner trató de dominar su emoción. Se esforzó en sonreír con la complacencia con que se recibe a un amigo.

—¿Es tu niño, Jees Uck? —preguntó—. No hay duda, lo es.

Y volviéndose hacia Kitty, añadió:

—Hermoso muchacho. Con esas manos podría hacer algo en nuestro mundo.

Kitty asintió.

—¿Cómo te llamas? —preguntó.

El pequeño salvaje dirigió hacia ella una rápida mirada y permaneció un momento en silencio, como si quisiera saber lo que se encerraba en la pregunta.

—Neil —dijo secamente.

—Habla toyaat —dijo Jee Uck interviniendo rápidamente y modificando el nombre al pronunciarlo—. Él habla toyaat: *nee-al* es lo mismo que «ánade». Al niño le gustan los ánades, les grita siempre, dice: «¡Nee-al, nee-al!» Todo el tiempo lo dice.

Jamás había escuchado Neil palabras que le aliviasen más que aquella mentira: Jees Uck había encontrado la solución instantáneamente, ante la pregunta de Kitty y la respuesta del niño. Sintió un gran sosiego. Kitty no sabía nada.

—¿Y su padre? —preguntó Kitty—. Debe ser muy guapo, porque el chiquillo lo es.

—*¡Oaoh!* —respondió Jees Uck—. Su padre muy hermoso, sí.

—¿Lo conociste tú, Neil? —prosiguió preguntando Kitty.

—Mucho —respondió su marido. Y su mente volvió a aquellos tiempos, y vio a un hombre que había vivido tan solo, mientras esperaba a Jees Uck y que había estado a punto de volverse loco.

Aquí podría terminar la historia de Jees Uck, pero ella supo llevar hasta el final su renunciación. Cuando regresó al Norte para vivir en su magnífica casa de madera, John Thompson se halló de pronto con que la P. C. Company podía proseguir sus negocios sin su ayuda. Lo largaron, en suma.

Además, el nuevo agente y los que le sucedieron recibieron instrucciones para que se proporcionara a Jees Uck cuanto género, herramientas o cualquier otra cosa necesitase, y que no se cargasen en los libros, sino que pasaran directamente a la cuenta de Neil Bonner. Aparte de ello, la mujer Jees Uck recibió una suma de cinco mil dólares anuales de por vida.

Cuando el niño tuvo la edad indicada, el padre Champreau se hizo cargo de él, y no había transcurrido mucho tiempo cuando Jees Uck recibió regularmente cartas del colegio de los jesuitas de Maryland. Más tarde estas cartas llegaron de Italia y luego de Francia.

Finalmente, regresó a Alaska un cierto padre Neil, hombre que trabajó mucho y bien por los indígenas, que amó y respetó a su madre, y que últimamente llegó a ser un alto dignatario de la Orden de San Ignacio.

Jees Uck era joven aún cuando regresó al Norte, y los hombres se fijaban en ella y la deseaban.

Pero ella llevó una vida absolutamente irreprochable y jamás voz alguna se elevó como no fuera para alabarla. Estuvo una temporada con las hermanas de Holy Cross, donde aprendió a leer y llegó a ser algo versada en medicina y enfermería.

Después de esto volvió a su espaciosa casa de troncos, reunió en su entorno a las jóvenes de la aldea de los toyaats y les enseñó la manera de enfrentarse al mundo.

Este colegio que ella instaló en la casa que Neil Bonner había mandado construir, no era protestante ni católico, pero los misioneros de ambas religiones lo consideraban igualmente beneficioso, y sus puertas estaban siempre abiertas para los que lo necesitasen, ya fuesen fatigados buscadores de minas, caminantes extenuados o simplemente viajeros cansados. Allí encontraban siempre alimentos y un fuego donde calentarse.

Y allá en los Estados Unidos, bajo el soleado cielo de California, Kitty Bonner gozaba con el interés que su marido se tomaba por la educación en Alaska e incluso le parecían bien las grandes cantidades que dedicaba a este fin. Y aunque a menudo le reprochaba dulcemente su prodigalidad, en el fondo de su corazón se sentía orgullosa de él.

FIN

ÍNDICE